Dans la pelle

Dave Kerlson

This is a work of fiction. Similarities to real people, places, or events are entirely coincidental.

DANS LA PELLE

First edition. August 18, 2024.

ISBN: 979-8227600684

Written by Dave Kerlson.

Also by Dave Kerlson

Compagnon oublié

Protégé

Te Laisser partie

Chaleur Interdite

Le chaton du viking

Ombres et désir

Le Joker De la Reine

Ne Touchez pas

3 Patrons Robustes et une fille Désemparée

À Court de Loyer

Tentation Dépravée

Beau Cœur

Le Diable

Attendre pour toujours

Au lit Avec l'ennemi

L'interview

La prochaine fois que je tomberai

Sa Reine

Faire semblant d'aimer

Femme recherchée

Irréparable

Les frères

Nuits D'été moites

Amour brûlant

Proposition interdite

Enchaîné au diable
Chaud pour sa mafia italienne
Perséphone
Deuxième chance de tomber
La fiancée forcée du magnat
Tomber sur toi
Dans la pelle

"Dans la pelle" est une histoire captivante d'amitié et de soutien, écrite par Dave Kerlson. L'histoire suit Spade, un joueur de hockey qui se retrouve confronté aux problèmes de son coéquipier, Roman. Alors que Roman lutte contre la colère et la frustration face à la situation de ses parents, Spade devient son confident et son soutien.

Roman, bouleversé par l'annonce du divorce de ses parents et de l'impact que cela a sur sa sœur, exprime son désir de meurtre. Spade, avec son attitude détendue et son empathie, parvient à calmer Roman et à lui offrir un soutien inattendu. Il suggère que le bonheur de sa sœur est ce qui compte le plus et que tout le reste n'a pas d'importance.

Spade, lui-même préférant les chiffres aux gens, reconnaît l'importance de la famille et de la communauté. Il invite Roman à amener sa sœur à un match de hockey, où elle pourra rencontrer les femmes de leurs coéquipiers, qui pourront lui offrir soutien et conseils.

"Dans la pelle" explore les thèmes de l'amitié, de la communauté et de la découverte de soi. C'est une histoire chaleureuse et captivante qui met en lumière le pouvoir de la connexion et du soutien dans les moments difficiles. Suivez le voyage de Roman et Spade alors qu'ils naviguent dans les complexités de la vie et découvrent le pouvoir de l'amitié et de la famille.

Chapitre 1

Spade

J'entends mon coéquipier balancer de la merde et utiliser des mots choisis quand j'arrive au coin de la rue. Je connais et travaille avec beaucoup de gars de l'équipe, donc

je suis assez sûr de savoir qui est en train de devenir fou avant de le voir.

« Parfois, mec, je ne peux vraiment pas certains jours. »

Ouais, c'est Roman. Il est généralement très détendu. Probablement le deuxième après moi. « Quoi de neuf, frère ? »

« Meurtre. Le meurtre a l'air vraiment bien en ce moment. »

Je serais inquiet si je ne connaissais pas si bien cet homme. Il peut ressembler à un tank qui vous fonce dessus, mais à l'intérieur, c'est une houppette... comme moi et tous les autres membres de l'équipe. Les gens disent que les enfants et les animaux peuvent dire quel genre d'être humain une personne est vraiment et si vous donnez à l'un de ces gars un bébé ou un chiot, nous nous transformons en bol de gelée. Ça arrive à chaque fois. Donc, je ne pense pas avoir à m'inquiéter d'un véritable homicide.

« Tu veux en parler, ou je devrais juste aller chercher la pelle et commencer à creuser ? » Il rit et mon travail ici est terminé, les amis. Je m'assois à côté de lui. « Qui tuons-nous ? »

« Ma mère et mon père. »

« Oh, parricide et matricide. Ça a l'air compliqué. Je boirais et engagerais plutôt un thérapeute. Ça semble moins cher à long terme. Et il n'y a pas de peine de prison. »

« Si ce n'était que moi, je le ferais, mais ils foutent en l'air la vie de ma sœur en même temps que la mienne. Et c'est ce qui m'énerve. »

« Oh, c'est une bonne raison d'être énervé, mec. »

« Ils ont attendu qu'elle soit à l'université pour sortir cette merde et lâcher la bombe qu'ils ne se sont jamais aimés - qu'ils ne supportaient même pas d'être dans la même pièce l'un que l'autre et qu'ils divorcent. »

Je grimace. C'est dur mais au moins le gamin est suffisamment loin de ça pour ne pas avoir à le voir imploser... je suppose. « Merde, désolé mec ! »

« Ce n'est pas le problème. On savait qu'ils se détestaient. Non, ce qui m'énerve assez pour commettre un meurtre, c'est que papa ne va plus payer ses frais de scolarité et qu'ils ne veulent pas qu'elle rentre à la maison pour l'été parce que maman part en croisière et papa ne veut pas qu'elle marche sur ses pieds quand il baise sa secrétaire. » Il me regarde avec un sentiment de misère dans les yeux.

« Tu as besoin d'aide pour ses frais de scolarité parce qu'on peut t'aider... »

« Non, non. Je peux gérer ça. C'est juste... c'est comme s'ils la punissaient d'être née, tu sais. Et qu'est-ce que j'en sais des filles de dix-neuf ans, Spade ? Je n'ai pas eu dix-neuf ans depuis des années. »

Je réfléchis à ce qu'il dit en posant une main sur son dos avant de dire un mot, « Eh bien... tu sais que tu l'aimes, n'est-ce pas ? Tu sais que tout ce que tu veux, c'est qu'elle soit heureuse et le meilleur pour elle, quoi qu'il en soit. Je dirais que rien d'autre n'a vraiment d'importance. « Vous réglerez le reste ensemble, alors ne vous inquiétez pas. Et elle est probablement contente que son grand frère soit là pour elle quand ses parents ne le sont pas. Heureuse que tu la veuilles toujours, tu sais. »

Roman se rassoit et me regarde longuement avant de dire quoi que ce soit : « Tu sais... tu es vraiment bon dans ce domaine. Tu devrais penser à devenir thérapeute, mon frère. »

« Pas question, mec ! » Je ris et me lève pour aller à mon casier. « J'aime les chiffres beaucoup plus que les gens. Les chiffres ont toujours du sens, les gens sont fous. »

Nous rions tous les deux alors qu'il se lève enfin.

« Tu devrais l'amener au match samedi prochain. La présenter aux filles. » Je n'ai pas besoin de lui dire qui sont les filles. Tout le monde dans l'équipe sait qui elles sont et les appelle aussi Les Filles. Ce sont les femmes de Whit et Bear. « Elles sauront quoi faire. Bien mieux que nous. »

« Ouais... ouais, peut-être que je devrais. Avoir des femmes à qui parler pourrait être bon pour elle. »

« Putain ouais. Elles aiment parler et comprendre des trucs comme ça. Elles prendront soin d'elle, pas de souci. »

Nous quittons le vestiaire et je remarque que Roman semble plus léger que lorsqu'il est entré, ce qui me fait me sentir mieux de m'éloigner de lui. Je déteste voir mes amis déprimés, stressés ou en difficulté et je pensais ce que j'ai dit à propos de l'aide que j'ai apportée à Roman pour les frais de scolarité de sa sœur - sans poser de questions. Je ressens cela parce que la plupart des hommes avec qui je joue au hockey feraient la même chose pour moi. En fin de compte, nous sommes une famille. La seule famille que j'aie jamais connue.

Chapitre 2

Spade

Le samedi suivant, je suis déjà sur la glace et j'attends que le reste des gars viennent ici avec moi lorsque mes yeux se fixent sur quelque chose dans les gradins qui va rendre le jeu terriblement difficile... considérant que mon attention va être sur elle pendant la majeure partie du match. Et ces courbes de tueur qu'elle cache sous cette jolie petite robe. Je ne peux pas m'empêcher de me demander quelle est son histoire. Avec qui est-elle ? Est-ce sérieux ? Et envisagera-t-elle de rentrer à la maison avec moi ?

« Hé, frère. » Roman me tape sur l'épaule, « Merci pour l'idée d'amener Pearl avec moi aujourd'hui, Spade. Elle semble s'entendre avec les filles. »

Je cherche visuellement la sœur en question en lui adressant un sourire heureux et une tape ferme dans le dos, même si mon cœur commence à se serrer d'appréhension. La seule personne que je peux voir même près des filles... c'est la mystérieuse femme sexy que je regardais avant que Roman ne vienne ici. La vie ne peut pas être aussi cruelle avec moi... n'est-ce pas ?

« Est-ce qu'elle est... ? »

« La petite blonde vénitienne assise avec eux ? Ouais. Elle a l'air heureuse, non ? »

Eh bien, putain ! Ça peut l'être et ça l'est.

La femme qui a attiré mon attention à une demi-patinoire de distance est en fait la petite sœur de mon coéquipier, ce qui la met fermement et équivoquement hors jeu. Toutes les bonnes personnes sont soit avec mes meilleures amies, soit les sœurs de mes meilleures amies.

Je dois vraiment sortir plus souvent. Rencontrer plus de gens. Trouver plus de femmes. Mais comment diable faire ça quand tout ce que je veux faire de mon temps libre, c'est le passer avec des gens qui sont importants pour moi ? Les gens qui sont doux et gentils et des êtres humains tout simplement décents sont difficiles à trouver dans ce monde et je n'arrive tout simplement pas à traîner avec ces gens qui ne sont pas comme ça. Et peut-être qu'il y a un endroit où les gens comme ça vont traîner mais je ne l'ai pas encore trouvé. Chaque fois que je vais dans des endroits comme des clubs ou des bars, tout ce que je ressens, c'est du dégoût et un peu d'étourdissement.

Mon meilleur ami, Whit, a rencontré sa nana par pur hasard et... maintenant que j'y pense, Bear, son futur beau-frère, a en fait rencontré sa femme par l'intermédiaire de Kat, la fille de Whit, aussi. Je regarde où Whit et Kat se font des câlins avant que mon homme ne se mette sur la glace. C'est peut-être à Kat que je dois parler... ou à côté de qui je dois me tenir, car elle semble être celle qui apparaît dans les histoires d'amour de tout le monde.

Je la regarde se rassembler autour de la jolie blonde vénitien. Elle est légèrement plus grande que Bea mais pas aussi grande que Kat, du moins c'est ce qu'on voit d'ici. Ce sont toutes de petites choses petites, peu importe comment on les regarde. Je me demande si elle a le même punch que les deux autres. Douce et épicée comme la couleur de ses cheveux.

Non !

Je dois arrêter. Je ne peux même pas penser de cette façon. Je double mes efforts et je me concentre entièrement sur le jeu... principalement. Ouais, je pourrais être un peu plus agressif et je pourrais passer un peu plus de temps dans la zone de pénalité où je peux être plus proche de la personne dont je ne suis pas censé être proche, mais au moins je ne suis plus un crétin baveux qui la baise des yeux. La plupart du temps.

Je vais prendre une douche et essayer de déterminer si je vais au restaurant avec tout le monde après, car je suis presque sûr qu'elle sera là. Et je vais très probablement agir comme un larbin devant elle même si elle ne le remarque pas. Je suis sur le point de sortir quand j'entends mon nom appelé.

Quand je lève les yeux, je vois Kat et Bea se diriger vers moi depuis les sièges. Ça ne va pas être bon.

"Spade ! Spade, ne pars pas encore." Les deux femmes essaient de me rejoindre aussi vite qu'elles le peuvent mais elles ne bougent pas très vite car elles ont toutes les deux des bébés à bord. Faire grandir un petit être humain leur demande beaucoup d'énergie, alors je ne les fais pas venir jusqu'à moi. Je fais les démarches pour les rencontrer à mi-chemin.

« Spade, as-tu déjà rencontré la sœur de Roman ? Pearl, viens rencontrer Spade. »

Je tends ma main pour lui serrer la sienne quand elle perd l'équilibre et je me retrouve avec une main pleine de doux seins. Je fais glisser ma main loin de son sein qui a presque brûlé la paume de ma main mais ne la laisse pas tomber comme un monstre. Au lieu de cela, je la redresse et attends qu'elle retrouve son équilibre.

« Oh mon Dieu ! Je suis... Je suis vraiment désolé. Je... »

« Ne t'inquiète pas. En général, j'aime que les femmes se jettent sur moi mais je suis presque sûr que ton frère me tuerait, écorcherait ma carcasse morte et y mettrait le feu. »

« C'est... » J'attends qu'elle dise quelque chose à propos du fait que c'est si dégoûtant, ou trop, ou malade, « tellement romain. »

Elle rigole et le son me frappe comme un coup de poing dans les couilles.

« Vous devez être de très bons amis, hein ? »

« J'aime à penser que oui. Spade Davenport. Enchanté de vous rencontrer. »

« Je suis, euh, Pearl. »

Chapitre 3

Perle

Je peux sentir la chaleur frapper mes joues et j'ai envie de me jeter de quelque chose de bien plus haut que les sièges sur lesquels nous venons de nous asseoir. Mon Dieu, comment puis-je être aussi maladroite ? Non seulement je suis tombée sur lui avant même qu'il ne sache mon nom, mais maintenant il pense que je me souviens à peine de ce nom.

J'ouvre la bouche pour enfoncer le clou mortel. Il sait déjà que je suis un désastre qui fonce vers un accident qui n'attend que de se produire, ça ne va pas faire de mal d'aller jusqu'au bout et de lui montrer à quel point je suis une geek aussi.

« Ton nom est Spade ? Comme le détective Sam Spade dans Le Faucon Maltese ? Est-ce que tu as été nommé d'après le personnage ? »

« Euh, non. Je ne peux pas dire que je l'étais. Étant donné ce que je sais de ma mère biologique, c'était probablement dû à une addiction au jeu. »

Je perds le sourire sur mon visage et regarde fixement l'homme sexy devant moi. Ouais, l'avion est en feu et s'écrase. Non, il n'est pas juste en feu. Je suis presque sûr qu'il a explosé avant même de décoller.

Quelle bêtise ! Tu viens de soulever un point que je suis sûr que cet homme ne voulait pas voir ressortir et qu'il a fait devant tous ses amis.

« Tu dois m'excuser, j'ai le syndrome de Gilles de la Tourette. Si ce n'est pas la bonne chose à dire, je le dirai. Bien qu'il n'y ait rien de mal avec le syndrome de Gilles de la Tourette, ce n'est pas ce que j'essaie de dire. Je... je vais me taire maintenant. »

Il rit fort et commence à secouer la tête. « Non, ce n'est pas grave. Je pense que je préférerais porter le nom de ton détective plutôt que celui de l'autre. »

« Spade », nous regardons tous les deux Kat que j'ai presque ignorée depuis que je suis tombée sur Spade. Mauvaise amie. Mauvaise, très mauvaise amie. Je lui accorde toute mon attention maintenant. « Est-ce qu'il y a un moyen pour que tu puisses emmener Pearl au restaurant dans ta voiture ? Nous sommes venus avec Bea et Bear, et je ne pense pas qu'il y aura assez de place. »

« Oh, ouais, bien sûr. Ça ne me dérange pas du tout. »

Ce type est si gentil, il fait des choses pour ses amis comme si ce n'était pas grave de prendre une inconnue dans sa voiture et de l'emmener quelque part. Je lui fais un sourire et me dirige vers les marches qui descendent, mais je trébuche à nouveau. Cette fois, je tombe juste sur lui au lieu de mettre mon sein dans sa main pour lui dire « Salut, comment vas-tu ? ».

« Désolé. Désolé. »

C'est tout ce que je peux vraiment dire. Il m'aide à descendre les escaliers et j'aimerais pouvoir dire que c'est parce que je porte des talons mais je n'en porte pas aujourd'hui, ou alors, bon sang, j'ai peut-être passé un peu trop de temps au match et j'ai trop bu. Non, pas ça non plus. Je n'ai jamais bu avant.

Je suis juste maladroite et être entourée de mecs super sexy ne fait qu'empirer cette maladresse d'une certaine manière. Donc tu me mets devant un homme aussi beau et avenant que Spade et je suis une menace furieuse avec des problèmes d'équilibre qui ne peut pas fermer sa bouche.

Le pauvre homme garde même sa main sur le bas de mon dos quand il m'accompagne à travers le parking après que j'ai dit au revoir à Bea et Kat. Il pense que je vais m'écraser sur le trottoir et que c'est lui qui devra me nettoyer.

"Hé... c'est la nouvelle fille ?"

Nous nous tournons tous les deux pour rencontrer l'homme qui a crié et trouvons l'un des coéquipiers de Spade souriant largement.

"Tu as une jolie petite copine, Spade ?" J'ouvre la bouche pour dire au mec qu'il a complètement tort, mais il continue : « Pourquoi ne le quittes-tu pas, chérie, et ne viens-tu pas passer du temps avec un vrai homme ? »

« Pourquoi ne te fais-tu pas avoir, Rogers ? Si tu jouais et baisais à moitié aussi bien que tu le disais, on n'aurait pas à te prendre en charge. »

« Ouais, peu importe, beau gosse. Tiens-toi à tes chiffres et laisse les jolies filles à nous, les vrais hommes. »

Spade lui fait un doigt d'honneur et m'emmène rapidement à travers le parking. « Putain de connards. Désolé pour ça, Pearl. Je... »

« Non, c'est moi qui devrais être désolé. Cet homme pense que tu es avec moi et que je suis une catastrophe. »

« Tu es la plus belle catastrophe que nous ayons jamais vue, bébé... Pearl. »

Je rate une marche et trébuche sur mes propres pieds. Je serais tombé si Spade ne m'avait pas retenu. Était-il sur le point de m'appeler... bébé ? Non, je ne suis pas le genre de fille à qui un homme donne des petits noms mignons ou à qui il parle de cette façon. C'est mignon qu'il essaie de me faire sentir mieux en disant des choses aussi gentilles et agréables, mais je me rends compte que c'est juste parce qu'il est un homme gentil et gentil. Pas parce qu'il... me verrait un jour comme... quelqu'un de sexy ou de désirable.

En fait, ça me rend la vie meilleure parce que je n'ai pas peur que cet homme pense à moi de manière sexuelle. Je n'ai pas à me soucier de mon apparence ou de ce que je dis. Je dois me ressaisir et réaliser que ce mec sexy et chaud ne pourrait jamais me voir de la même manière que je le vois... s'il n'était pas l'ami de mon frère, bien sûr.

Je ne devrais pas penser à Spade autrement que comme l'ami de Roman. La pensée de mon frère me fait perdre la tête. Il a dû partir juste après le match mais m'a dit que je devrais être entre de bonnes mains avec Bea et Kat, qui sont adorables, parfaites et trop gentilles.

Je dois me sortir la tête de mon cul et trouver ce que je vais faire de ma vie maintenant que mes parents ont décidé de tout mettre en feu. Et bien sûr, je dois trouver comment garder le petit secret que maman m'a confié. La dernière chose que je veux, c'est blesser Roman comme le ferait le découvrir. Et voudrait-il même que je sois là s'il savait... que son père n'est pas mon père ?

Est-ce qu'il me considérera toujours comme sa sœur après avoir découvert ce que maman a fait ? Dieu sait que l'homme que je pensais être mon père ne le pense pas. L'une des raisons pour lesquelles il a arrêté de payer mes études, c'est parce qu'il a découvert que je n'étais pas de lui. Maman lui a fait promettre de ne rien dire à Roman et je pense qu'ils ont passé une sorte d'accord selon lequel papa n'aurait pas à payer de pension alimentaire ou quelque chose comme ça s'il promettait de ne rien dire.

Et maintenant... je suis perdue. Je n'appartiens à aucun endroit ; je dois garder des secrets pour garder les gens que j'aime dans ma vie et je vis dans la peur constante que Roman me tourne le dos s'il l'apprend. C'est le cadeau que ma mère m'a fait à la fin de ma première année d'université. Je suis une poubelle avec des problèmes d'équilibre. Ouais, je ne pense pas qu'il y ait un réel danger que je doive repousser l'ami de Roman. Aucun danger que je doive me débattre avec le bien ou le mal d'une liaison torride avec l'ami de mon frère. Non, je dois découvrir qui je suis et où diable je me situe maintenant que toute ma vie n'a été qu'un mensonge.

Chapitre 4

Spade

Je sens le changement en elle et vois le regard triste qui se dessine sur son visage. Et je n'aime pas ça du tout. En fait, je déteste ça. D'autant plus que je ne sais pas quel dragon je dois combattre pour elle, quel démon je dois exorciser, pour la faire sourire à nouveau.

Était-ce parce que j'ai failli l'appeler bébé ? Est-ce que j'y allais trop fort ? Est-ce qu'elle sait que le fait qu'elle soit un peu... décentrée me fait ça ? Je ne me voyais pas vraiment être excité par une femme qui trébuche mais c'est comme ça... ma bite devient dure à chaque fois que cette douce petite chose tombe contre moi. Bien sûr, cela pourrait avoir quelque chose à voir avec le fait qu'à chaque fois qu'elle tombe, son corps - et toutes ces courbes - me frôlent et provoquent un incendie à l'endroit où nous nous touchons.

Je commence à discuter un peu avec elle, je lui demande quels sont les cours qu'elle suit, quels sont ses plats préférés et ce qu'elle aime manger. La nourriture est particulièrement importante pour moi. La nourriture est une façon simple de dire que tu aimes quelqu'un. Il y a plein de gens que je ne nourrirais pas... bon sang, il y a des gens devant qui je ne mangerais pas, mais mes amis peuvent avoir ma dernière part de pizza, la dernière chips de mon sac, la dernière frite. C'est ça, l'amour.

Nous retrouvons les filles, Whit et Bear sur le parking du restaurant pour que nous puissions tous entrer ensemble et que la tension que je ressentais s'atténue un peu. C'est peut-être le sentiment de ne pas avoir à être aussi sur ses gardes avec tout le monde concernant Pearl, en particulier les hommes.

Et puis Kent Rogers ouvre sa foutue bouche. Encore une fois.

« Hé, beau gosse, pourquoi ne viens-tu pas ici et découvres à quoi ressemble un vrai homme. »

J'essaie, j'essaie vraiment, de me secouer et de me dire que ce n'est pas mon rôle, qu'il ne veut rien dire par là, et même s'il pouvait lever sa bite,

Pearl est trop intelligente pour lui prêter attention. Et puis il va trop loin. Il tend la main et lui prend la main pour l'empêcher d'aller plus loin.

Je suis sur lui comme du fromage fondu sur une pizza chaude en juillet. "Ne touche pas !"

Il en rit comme si je lui racontais une grosse blague sans jamais regarder mon visage qui n'est pas du rire. "S'il te plaît Spade, ce n'est pas comme si tu étais son papa. Elle peut me parler si elle le veut. Ou es-tu pervers comme ça ?" Il tend à nouveau la main vers elle, enroulant sa main autour de son poignet, "Est-ce qu'il est pervers, bébé ?"

Il fait plusieurs erreurs en l'espace d'un battement de cœur ; l'une étant le fait qu'il ait demandé quelque chose comme ça devant tout le monde et deux, me donnant l'idée que Pearl m'appelle Papa. C'est suffisant pour me faire agir avant que je puisse penser à ce que je fais. Avant même de m'en rendre compte, je retire mon poing et je l'envoie droit dans le visage stupide et souriant de Kent.

Le restaurant devient silencieux, et Whit et Bear sont prêts à me soutenir si j'ai besoin d'eux. Mais je ne le fais pas. Je frappe le connard si fort qu'il est éjecté de son siège et atterrit par terre avec une lèvre fendue et un nez en sang.

« Je t'ai dit de ne pas la toucher, espèce d'idiot. »

Je commence à m'en prendre à lui à nouveau, mais Whit et Bear font un pas devant moi et posent leur main sur mon épaule. Je sais que c'est juste pour m'empêcher de le tabasser et d'aller en prison à cause de ça, mais pendant un moment, j'ai envie de les repousser pour pouvoir faire exactement ce qu'ils pensent que je vais faire.

C'est la voix douce et légère qui me fait finalement reculer. Je regarde et la vois me faire un doux sourire. « C'est bon Spade. Je... pourquoi ne t'assieds-tu pas ici ? »

Je m'écarte de Whit et Bear et je ne prête pas attention à leur expression, avant d'aller m'asseoir à côté de Pearl. Elle me fait un petit sourire et pendant une seconde, je me demande si je ne l'ai pas effrayée avec mon éclat. Mais ensuite, son visage perd le sourire et ses yeux s'écarquillent. Avant que je puisse essayer de lui expliquer que ce n'est pas comme ça que j'agis normalement et que je me sens juste protecteur envers elle, elle me prend par la main, son attention entièrement centrée là.

« Oh mon Dieu, tu t'es blessée. » Je baisse les yeux vers l'endroit où elle a ma main dans la sienne et vois les jointures meurtries et ensanglantées. Apparemment, le visage de cet abruti est plus dur que je ne l'avais pensé au début. Elle trempe sa main dans le verre d'eau qui a déjà été placé à l'endroit où elle a choisi de s'asseoir pour pouvoir utiliser la glace dedans. Elle enveloppe les glaçons dans une serviette en tissu avant de les poser sur mes jointures.

C'est mignon mais inutile. « Je vais bien, tu n'es pas obligée... »

« C'est bon, ça ne me dérange pas. Après tout, tu défendais en quelque sorte ma vertu ou quoi que ce soit, donc d'une certaine manière, j'en suis en quelque sorte la cause.

« Tu n'en étais pas du tout la cause. Tu n'as pas ouvert la bouche ni touché quelqu'un qui ne voulait pas être touché. Il doit apprendre à ne pas toucher sans demander au préalable. »

Elle me fait un petit sourire qui fait plus pour moi que la glace ne le pourrait jamais. Et le sentiment d'être en difficulté me frappe à nouveau au visage... presque aussi fort que j'ai frappé Kent.

Chapitre 5

Pearl

Les choses sont restées calmes pendant une semaine entière et je m'installe plutôt bien, je pense. Je fais tout mon possible pour me rendre utile afin que personne ne puisse dire que je profite de mon frère. Je sais que c'est stupide de penser que Roman penserait ça, mais je n'aurais jamais pensé que mon père me dirait de partir non plus.

Pour m'amuser, je pense parfois au grand gars de l'équipe de hockey que Kat et Bea m'ont présenté. J'ai même revu certaines des anciennes séries policières dont je pensais qu'il pourrait porter le nom. Peut-être que c'est une tentative malavisée de normaliser son nom pour que si je l'entends à nouveau, je ne fasse pas quelque chose de stupide comme me casser le cou pour savoir d'où il vient. Ou tomber. Encore une fois.

Je ramasse des choses pour les mettre dans la machine à laver quand j'entends mon frère parler au téléphone. Je ne devrais pas rester là à écouter mon frère, mais je ne peux pas m'en empêcher. Je suis vraiment curieux.

« Ouais, j'ai entendu parler de ça. Qu'est-ce que ça fait de frapper ce fils de pute ? »

Mon cœur se met à battre trop vite et mes paumes deviennent moites alors que je m'approche de la porte à moitié fermée.

« Il l'a mérité. C'est un vrai connard. »

Mon frère rit à quelque chose que dit la personne à qui il parle. Bon sang, j'aimerais pouvoir entendre l'autre côté de la conversation. Est-ce bien celui que je pense ? Et pourquoi diable personne n'a-t-il pris en considération le fait qu'on ne peut pas décrocher le téléphone pour écouter quand ils utilisent un téléphone portable ? Je me retire un peu et j'essaie de me contrôler.

Peut-être que j'ai regardé trop de vieux films. Je commence à me comporter comme certaines des mauvaises filles qui y apparaissent. Mon frère mérite son intimité et je dois arrêter d'être une garce aussi curieuse.

Quelle importance a-t-il de savoir avec qui il est au téléphone de toute façon ? Quelle différence cela fait-il pour moi ? Je prends mon panier à linge et m'éloigne de la porte.

« C'est un peu de ça dont je voulais te parler en fait. Je me demandais si ma sœur pouvait passer quelques jours avec toi. »

Je me retourne et pose le panier. Maintenant, c'est mon affaire. À qui diable parle-t-il ? Parce que si c'est bien celui que je pense, il n'y a aucune chance que je passe quelques jours avec lui.

« Ouais, je dois aller en Europe pour régler quelques problèmes et je déteste la laisser toute seule. Je veux dire, elle a déjà été déracinée et traitée comme de la merde par mes parents. »

Je me couvre la bouche pour ne pas haleter de manière audible et révéler ma position.

« Je viens de... J'ai entendu ce que tu as fait pour elle, et je te fais confiance, mec. Tu es à peu près la seule personne en qui j'ai confiance avec ma petite sœur. »

Oh génial ! Appelle-moi ta petite sœur auprès du beau mec, Roman ! Pourquoi ne me mets-tu pas des nattes et ne me donnes-tu pas une sucette pour pouvoir lui faire comprendre plus fort, bon sang ? Si c'est Spade au téléphone, je vais mourir. Roman donne l'impression que j'ai dix ans.

« Oh, c'est super ! Merci mec. Merci beaucoup. Je te dois beaucoup. Je te dois beaucoup. »

Est-ce que... est-ce que Spade vient de dire oui ? Est-ce qu'il est d'accord pour que je vienne chez lui ? Mon cœur bat à tout rompre alors que je me penche plus près pour entendre autre chose, mais juste au moment où je m'approche le plus possible, la putain de porte s'ouvre.

Et je tombe dans la pièce. Je n'ai pas de femme fatale en moi. Pas du tout.

« Je... » Mon frère me regarde avec la tête penchée sur le côté et me fait un petit sourire. « Je te parlerai plus tard, Spade. Merci encore, mon frère. »

Il raccroche après m'avoir donné la confirmation à cent pour cent que c'était Spade à l'autre bout du fil. Je me mets à genoux et essaie d'agir aussi normalement que possible.

« Est-ce que ça va, ma sœur ? »

« Oui. » Je trouve enfin mes pieds et reste debout à le regarder. Autant accepter le crime et passer à autre chose. Je redresse ma colonne vertébrale – pour me rendre plus grande – et lève le menton en signe de défi.

« Je suppose que tu as entendu. »

« Je... un peu, je suppose. J'en ai entendu assez pour savoir que tu ne me fais pas confiance toute seule. » Je n'essaie même plus de faire semblant d'être digne. « Comment as-tu pu demander à Spade de... me garder comme ça ? Je ne suis pas une petite fille, Roman ! Je peux prendre soin de moi-même. Je n'ai pas besoin que quelqu'un me surveille tout le temps. »

Je ne regarde pas de trop près ce qui me rend si folle dans toute cette histoire. Il y a un tas de conneries dans toute cette affaire, le fait qu'il ne m'ait rien dit et qu'il n'allait pas le faire jusqu'à... quoi, qu'il parte ? La façon dont il a appelé le mec mignon pour qui j'ai le béguin en secret pour qu'il me garde comme si j'avais neuf ans ne me plaît pas vraiment non plus. Ou que dire du fait qu'il ne me fasse pas confiance pour prendre soin de moi ? Tout cela n'est que pure connerie.

« Ce n'est pas comme ça, Pearl. Tu sais que ce n'est pas comme ça. Je ne veux juste pas que tu sois seule pendant mon absence, et je ne sais pas combien de temps je le serai.

— Tu... tu as dit à Spade que ce ne serait que pour quelques jours. Maintenant, toute la résistance me quitte.

— Ouais, je sais. Je ne devrais juste... que ce ne serait que quelques jours, mais ça pourrait être plus long et je ne supporte pas de penser à toi ici toute seule. Coincée dans mon appartement comme une Raiponce des temps modernes. Je m'inquiéterais tout le temps et je ne pourrais faire aucune des choses que je dois faire pour finir. Sans compter que ça me prendrait deux fois plus de temps parce que je serais tellement distraite.

Bon sang. Roman est bon. Il est bien meilleur que moi dans ce domaine de la culpabilité. Je pousse un gros soupir avant de céder.

— Très bien. Je ne veux pas que tu t'inquiètes. —

Tu veux dire que ça ne te dérange pas de rester avec Spade pendant quelques jours, comme ça je n'aurai pas à m'inquiéter à mort pendant tout mon absence ?

Je sais quand je suis vaincue. « Non, ça ne me dérange pas. Je vais aller vivre chez l'oncle Spade. »

Ma réponse le fait rire et il s'approche de moi pour me faire un gros câlin. « Je t'aime, ma sœur. »

« Je t'aime aussi, Rome. »

Inutile d'essayer de me battre contre Roman. Il semble toujours gagner. Je reste occupée le reste de la journée, pour ne pas avoir à penser aux ramifications des actions de mon frère. Mais tard le soir... quand Roman dort et que l'appartement est calme, je n'ai rien pour me distraire et tous les « et si » affluent dans mon esprit, me tenant éveillé toute la nuit.

Comment vais-je pouvoir dormir sous le même toit que Spade Davenport ?

Chapitre 6

Spade

Qu'est-ce que j'ai accepté, bon sang ? Que suis-je censé faire avec une fille de dix-neuf ans ? Surtout une fille qui m'attire énormément ? Et Roman, le connard, a juste dû remuer le couteau dans la plaie quand il m'a dit que j'étais la seule personne à qui il faisait confiance avec sa petite sœur. Bon Dieu.

Je le regarde s'arrêter dans mon allée, la « petite sœur » en question étant assise devant, regardant la maison que j'ai récemment achetée. Je ne peux pas m'empêcher de me demander ce qu'elle en pense.

Je la regarde parler à son frère en faisant de grands mouvements de la main avant de finalement lever les mains et de se pencher pour lui faire un bisou sur la joue. La réaction instinctive me frappe, et je m'éloigne de la fenêtre pour essayer de me ressaisir. Je ne peux pas être jalouse de son putain de frère qui reçoit ses baisers alors qu'elle n'est même pas à moi. Je ne voudrais pas être comme ça même si elle était à moi. Mais la réaction instinctive est là néanmoins.

J'ouvre la porte juste au moment où ils montent sur le porche. Pearl se tourne vers son frère : « Je suis là, prête à être gardée. Vas-tu lui dire mon heure de coucher et ne pas me donner de sucre avant ou me nourrir après minuit - oui, c'est une référence à Gremlins et je m'y tiens. »

« Je ne te dépose pas pour que Spade puisse te garder. Je ne veux juste pas que tu sois seule. »

« Ne t'inquiète pas. Je ne te mouillerai pas et je ne t'exposerai pas au soleil non plus. »

Le visage de Pearl s'illumine comme si je venais de lui dire qu'elle était la plus belle femme que j'aie jamais vue, ce qu'elle est. Même debout sur mon porche, vêtue uniquement d'un t-shirt surdimensionné et d'un legging, elle me tend tout en moi et me donne l'impression que je suis trop serrée. Je me demande si je peux tenir cette promesse de ne pas la mouiller. Et à quel point les règles semblent sexuelles. Heureusement, Roman me sauve.

« Tu vois, vous allez vraiment bien vous entendre. »

Elle se retourne vers lui avant de plisser les yeux, mais elle ne perd pas son sourire. « Très bien, très bien. Je suis sûre que je vais bien m'amuser avec Spade. Maintenant, vas-y. Avant que tu rates ton avion. »

Elle lui fait un autre bisou sur la joue avant de se rapprocher de moi et j'essaie de ne pas voir la signification de ce geste. Ça ne veut rien dire. Ce n'est pas comme si elle marchait dans l'allée vers moi et que son frère la trahissait. Une fois que j'ai fermé et verrouillé la porte derrière elle, que je lui ai montré sa chambre et que je lui ai fait visiter toute la maison, je la conduis dans le salon en contrebas où j'ai allumé la télévision et que je suis prête à l'utiliser.

« J'espère que ça ne te dérange pas. J'ai déjà commandé à manger. Une pizza, d'accord ? »

« Euh, ouais. Désolé que tu sois coincé avec la garde d'enfants. C'est... un peu embarrassant que mon frère ne me fasse pas confiance pour rester seul mais... je suppose que je comprends. Mais je suis quand même désolé. »

— Oh, ne t'inquiète pas. Je n'aime pas non plus être seule tout le temps, donc ça m'a bien servi.

— Je peux cuisiner pour nous ou faire toute la lessive, ou les deux.

— Tu n'es pas obligée de faire ça. Tu peux rester. Ce n'est vraiment pas grave.

Un silence gêné s'installe entre nous.

— Alors, j'ai pensé que ça pourrait être sympa de regarder le film dont tu as dit que mon nom était tiré. Si ça ne te dérange pas.

Elle me lance un autre sourire radieux : — Tu plaisantes ? Ça a l'air génial !

J'allume le film et nous nous perdons dans toute la trahison, les coups bas et le chantage qui accompagnent un bon film noir. Quand la nourriture est enfin livrée, je mets le film en pause juste assez longtemps pour prendre la pizza et quelques assiettes avant de retourner dans le salon pour en regarder plus.

Un film en mène à un autre alors que nous avons un marathon de films policiers. Et pas seulement les vieux trucs, nous regardons aussi de nouveaux films policiers. Pearl les connaît tous.

— Je ne dis pas que je ne comprends pas. « Je pense que pour moi, c'est lié à l'amour de l'époque. À quelle vitesse les gens tombaient-ils amoureux et se séparaient-ils ? Ce qui séparait les amants. C'est comme la soupe au poulet quand on se sent un peu

déprimé, un peu malade, un peu perdu, et qu'on sait dès le début que c'est ça. C'est là que je veux être, emmitouflée dans un plaid, les rideaux fermés, transportée dans une autre époque où les choses sont beaucoup plus... eh bien, noires et blanches. Les femmes étaient mauvaises mais elles étaient si douées que ça ne vous dérangeait pas ; les hommes étaient durs et forts mais au fond, ils étaient de la pâte à modeler pour la bonne femme. C'est tout l'attrait de l'illicite et du sexy et ce n'est pas seulement moi. Beaucoup de nouvelles séries télé font des retours en arrière dans ces vieux films où ils jouent vraiment le camp et se concentrent sur tous les aspects amusants. Ce ne sont pas seulement les films, c'est la musique. La musique personnifie les courbes épurées du corps d'une femme qui peuvent s'avérer si traîtresses qu'un homme peut en mourir, les nuits sombres et pluvieuses, la froideur des bas-fonds de la ville.

Je la laisse continuer encore et encore, sans vouloir l'arrêter du tout. Elle rayonne quand elle en parle. Et quand elle le fait, c'est comme si elle peignait un tableau avec des mots mais capturait aussi l'âme du genre. Quand elle se tait enfin, j'en profite pour lui dire à quel point elle est douée pour tout expliquer.

« La façon dont tu en parles est magique. Tu devrais donner un cours sur ce sujet, sans blague. Ou écrire un livre ou quelque chose comme ça. »

Elle me lance un regard timide et me jette un œil sous ses cils tout en se mordant la lèvre inférieure. « J'ai un peu envie de... écrire. »

« Comme... des livres de mystère ? »

« Ouais. Je sais que c'est un peu stupide mais... je pense que je serais douée pour ça. »

« Tu devrais le faire. » J'aime la façon dont ses joues deviennent roses quand je la complimente. J'aime la façon dont elle rayonne quand je l'appelle par de jolis petits surnoms et surtout j'aime la façon dont elle se regarde assise dans mon salon.

« Ouais, peut-être. »

« Non, je suis sérieuse. Pourquoi ne le fais-tu pas ? »

« Parce que... je ne sais pas comment mes... eh bien, je suppose que mes parents n'ont pas tant d'importance mais je ne veux pas laisser tomber Roman. Il... s'attend à ce que j'aille à l'université et... que je fasse quelque chose de moi-même comme lui. »

« Et tu ne pourrais pas faire ça en écrivant ? »

« Je... je ne sais pas. Je... »

« Ne réponds pas ce soir mais réfléchis-y. Je lirais un de tes livres. »

Chapitre 7

Perle

Je déteste dormir dans des endroits inconnus. Ça me met tellement mal à l'aise. Mais pour une raison quelconque, quand Spade me montre la chambre dans laquelle je vais rester pour le prochain, je la trouve extrêmement confortable. Toute la maison de Spade est comme ça, le salon avec son canapé rembourré qui fait tout le tour de la pièce, la cuisine avec la pierre chaude et le grand poêle, et maintenant, cette pièce.

Même si la pièce est très accueillante, je ne voulais pas vraiment que la nuit se termine. J'aurais pu rester sur le canapé avec lui toute la nuit à regarder des vieux films. Ou même des rediffusions de vieilles séries télé. Je me ficherais de ce que nous regardions tant que nous étions ensemble.

Peut-être que Roman a raison. Peut-être que j'ai besoin d'une baby-sitter.

Malgré mon bon sommeil, je me réveille quand même assez tôt pour battre Spade. Je fouille jusqu'à ce que je trouve assez de choses pour pouvoir nous préparer un petit-déjeuner décent. Au moment où il se lève et trébuche dans la cuisine, je finis de manger le dernier bacon.

« Salut. J'espère que tout va bien...

» « Euh, putain ouais. Tu peux venir cuisiner dans ma cuisine quand tu veux. Surtout si tu vas faire des trucs comme ça. Oh mon Dieu ! C'est du cochon CHAUD ! »

Je ris alors qu'il évente sa bouche avec ses mains et jongle avec le reste de la bande de viande autour de sa langue. « Eh bien, ça a probablement quelque chose à voir avec le fait qu'elle vient juste de sortir de la poêle. « Vas-y, assieds-toi, je vais tout apporter à table. »

Je lui prépare une assiette avant de m'asseoir pour manger moi-même.

« Chéri, si tu continues comme ça, tu vas devoir te battre pour me faire sortir de là. »

Ses mots me font m'arrêter, la fourchette à mi-chemin de ma bouche. Je sais qu'il ne le pense pas comme il le dit, mais ça me surprend quand même un peu. La nourriture empilée sur ma fourchette choisit ce moment pour tomber... sur mes genoux. « Oh merde ! »

Je me lève et me retourne avec la ferme intention d'aller chercher quelque chose pour m'aider à le nettoyer, mais je finis par perdre l'équilibre et basculer sur le côté... directement sur ses genoux. Il m'entoure de ses bras pour m'empêcher de glisser par terre.

« Ouais, c'est à peu près là que je te voudrais. » Il rit si fort que je peux le sentir m'émouvoir. « Pourquoi ne me laisses-tu pas t'aider ? »

Il me surprend à nouveau lorsqu'il se tient debout avec moi dans ses bras. « Oh ! » Mes bras s'enroulent instinctivement autour de ses épaules alors que j'essaie de m'accrocher.

Je me retrouve sur l'îlot avec lui entre mes jambes alors qu'il essuie l'œuf de ma chemise. Nos têtes sont penchées l'une vers l'autre alors que je le regarde retirer ma chemise de mon corps et tamponner la tache. Quand on entend frapper à la porte, je sursaute comme si j'étais coupable de quelque chose et je frappe le bout de son menton avec le haut de ma tête.

« Oh, merde ! Je suis... je suis vraiment désolée. Je... je ne savais pas que nous étions... euh, si près. »

« Ne le sois pas. » Il me fait un petit rire avant de me surprendre encore plus en déposant un baiser sur mes lèvres. « Merci pour le petit déjeuner, ma belle. »

Il m'aide à descendre de l'îlot et me stabilise avant de s'éloigner, me laissant confuse et tremblante. J'attrape l'îlot pour m'aider à me tenir debout et je fais abstraction de... tout. Si je ne fais pas abstraction des compliments, des surnoms et de ce baiser, je serai une épave. Enfin, une épave plus grande que d'habitude.

Avant que je puisse essayer de retourner à la table, Kat entre dans la pièce, suivie de son homme et de Spade. Elle se précipite vers moi et me regarde de haut en bas comme si elle cherchait des preuves de ce qui vient de se passer. Je peux sentir mes joues brûler sous son regard et je regarde partout sauf elle.

« Nous avons entendu dire que tu restais chez Spade. J'avais peur que vous n'ayez rien à manger ce matin à part des plats à emporter, alors nous sommes venus te proposer de sortir », elle regarde la table et les deux assiettes à moitié mangées, « mais je vois que nous n'avons pas eu à nous précipiter après tout. »

Elle attrape un morceau de bacon dans mon assiette et le met dans sa bouche. « Oh, notre fille sait cuisiner, Whit. »

Elle n'attend pas qu'on lui demande et commence à ouvrir les portes de la cuisine pour trouver où sont rangées les assiettes. Je l'aide en attrapant une pour elle et une pour Whit aussi. Spade s'approche derrière moi, me prend les assiettes des mains et tend la main vers les verres au-dessus de ma tête.

« Je vais devoir baisser ceux-là, n'est-ce pas ? »

Je le regarde fixement mais ne dis rien alors qu'il apporte tout à la table pour moi. Ils ont l'air d'être tous les trois à leur place ici. Ils rient tous et sont heureux. Ils ressemblent à une famille même s'ils ne sont pas liés comme on pourrait normalement le penser.

« Allez, ma fille. Assieds-toi. Je ne mordrai pas, je te le promets. Même maintenant que tout ce que je fais, c'est manger. Et devenir de mauvaise humeur. Et pleurer. Et... merde, viens juste. »

J'acquiesce et marche vers elle. Avant que je puisse prendre la chaise à côté d'elle, Spade me prend par la main et me tire doucement pour que je sois entre elle et lui, de l'autre côté de l'endroit où je me dirigeais. Les sourcils de Kat se lèvent et elle nous regarde, Spade et moi, encore plus intensément qu'avant.

« Alors, qu'est-ce que tu as prévu pour aujourd'hui ? »

« Euh, je... je ne suis pas sûre. »

« Pourquoi ne pas demander à Bea de nous rejoindre ici et nous pourrions tous aller chercher des ennuis. »

« Des ennuis ? » Le mot résonne entre Whit et Spade, provoquant un sourire sur les lèvres de Kat. Elle regarde et envoie un baiser à son homme, complètement indifférente au fait qu'elle le rende fou.

« Calmez-vous, les gars. Dans quels ennuis deux femmes enceintes et la petite Pearl innocente peuvent-elles se mettre ? »

« Oh, mon Dieu ! » Whit lève les yeux au ciel. L'expression d'inquiétude ne quitte pas le visage de Spade alors que Kat termine son petit-déjeuner et me demande de lui montrer ma chambre. Je ne pouvais pas deviner ce qu'elle avait prévu, mais je peux dire comment cela va se terminer... dans les ennuis, comme elle l'avait dit.

Chapitre 8

Spade

Je fixe l'horloge pour la cent millième fois en essayant de me concentrer sur les chiffres devant moi. C'est quoi ce bordel ? Les chiffres ont toujours eu un sens. Alors pourquoi diable ne s'additionnent-ils pas aujourd'hui ?

Whit passe la tête par la porte et me lance un regard entendu. « Tu veux aller chercher les filles ? »

Je plisse les yeux. Bon sang, oui, je veux aller chercher les filles et découvrir dans quels ennuis Bea et Kat ont mis Pearl. Mais suis-je censé vouloir ça ? Probablement pas. Mais à quoi ça me sert de continuer à fixer la même foutue colonne de chiffres alors que tout ce que je veux faire, c'est rentrer à la maison et m'asseoir sur le canapé pour regarder des films avec la petite blonde vénitien qui me tient par le doigt.

« Je suis foutu, n'est-ce pas ? »

Whit et moi ne nous sommes jamais caché des choses et je ne vois aucune raison de commencer maintenant. Sa bouche se transforme en un sourire avant de me répondre : « Oh oui. Tellement foutu. »

Je m'avance et je me mets à m'écraser sur mon bureau.

Une tape dans le dos me fait lever les yeux mais seulement de côté, de sorte que mon visage est toujours sur mon bureau, le froid de la surface s'enfonçant dans la joue pressée contre lui. « Qu'est-ce que je vais faire, bon sang ? Roman me fait confiance. »

« Ouais, et tu es totalement cet homme, c'est pourquoi il te fait confiance pour commencer. Je sais un peu quelque chose sur les petites sœurs et... »

« Je l'ai embrassée. »

« Oh, tu es complètement foutue, mon amie. Mon meilleur conseil est de tout avouer dès que tu peux, car remettre à plus tard ne fait que blesser celui que tu aimes. »

L'amour ? Le mot ne m'est pas vraiment venu à l'esprit quand je pense à Pearl. Je la veux, bien sûr. J'ai envie de sa présence et je me demande ce qu'elle pense et fait quand elle n'est pas avec moi... mais l'amour ? Et Whit a raison - seul l'amour va valoir la peine de foutre en l'air une amitié et je ne parle pas seulement de Roman mais aussi de l'amitié naissante que j'ai trouvée avec Pearl.

Il n'y a aucun moyen qu'elle ne soit pas aussi pure que la neige fraîchement tombée, elle est juste trop... douce pour ne pas être aussi innocente. Et qu'est-ce que j'en sais, bon sang ? Pas assez pour foutre en l'air ce que j'ai avec Roman et Pearl.

« Tu as raison. Vas-y. Amuse-toi bien. Je vais rester ici et faire les calculs de Morgan une fois de plus. » Ce serait la première fois, puisque je n'y suis jamais parvenu la première fois.

Whit me regarde avec des yeux plissés, « Tu es sûr ? »

« Ouais, j'en suis sûr. »

Je suis sûr que j'ai besoin de mettre de l'espace entre moi et Pearl. Plus d'embrassements, plus de regards envieux, plus de rester si près d'elle que je peux pratiquement sentir l'innocence. Plus de chute amoureuse de la petite blonde vénitienne maladroite qui me fait si mal que je suis sûr de craquer. Non ! Plus jamais !

Mais ensuite je rentre à la maison. Elle est dans la cuisine, fredonnant et dansant comme si elle n'avait aucun souci au monde. Je ne peux m'empêcher de fixer les globes tentants de son cul alors qu'elle balance ses hanches et se pavane dans un mouvement qui me choque un peu qu'elle puisse faire.

Et puis elle se retourne, me voit debout dans la pièce et perd immédiatement pied. Je la rattrape à peine à temps pour l'empêcher de tomber par terre. Et comme avant, je tombe à chaque fois qu'elle tombe. Le fait qu'elle soit toute énervée et un peu maladroite quand je suis là la rend juste attachante pour une raison quelconque.

"J'ai préparé le dîner."

"Je peux voir et ça sent délicieux."

Elle me fait un sourire éclatant avant de faire une petite danse pour retourner à la cuisinière où elle sort une poêle pleine de brownies. Et putain de merde ! Si je n'avais pas un peu bandé juste en ayant son corps contre le mien, je serais complètement là maintenant avec l'odeur de ces brownies. J'en ai l'eau à la bouche et pas seulement à cause de la nourriture. J'ai eu une très belle vue de son derrière quand elle s'est penchée pour récupérer lesdits brownies.

« Euh... je vais aller... me laver. » Ouais, ça a l'air bien. Pas que j'aie besoin d'aller dans la salle de bain pour me branler la bite parce qu'elle sent meilleur que le bonbon le plus sucré et je ne peux que penser à toutes les façons sales dont je veux utiliser ces brownies sur son corps. Avec de la crème fouettée. Ouais, je dois y aller. « Je vais... me donner dix minutes... quinze. »

Elle ne me regarde même pas et concentre plutôt toute son attention sur la nourriture qu'elle transporte sur l'île.

Qu'est-ce qui s'est passé, bordel, pour garder mes distances ? Qu'est-ce que je fous ? Et qui diable vais-je trouver pour me sauver quand la femme qui danse et chante dans ma cuisine me tue complètement ?

Chapitre 9

Perle

Je me demande ce qu'il a en tête ce soir. Il semble... stressé. Et j'espère vraiment que ce n'est pas à cause de quelque chose que j'ai fait. Après le dîner, nous allons dans le salon et regardons à nouveau des films. Cette fois, c'est lui qui les choisit. Nous commençons par la comédie mais nous retombons dans l'horreur à la fin de la soirée.

Le lendemain est très similaire au jour précédent, je passe un peu de temps avec Bea et Kat avant de revenir cuisiner. Après le dîner, nous passons directement à l'horreur. Et je me retrouve à changer de place assise parce que c'est beaucoup trop ouvert pour regarder des trucs effrayants et ne pas m'inquiéter de quelque chose qui rampe derrière vous.

Même si je suis plus proche, je garde mes distances avec lui. Il semble encore plus stressé aujourd'hui qu'hier. Finalement, je vais devoir lui demander si tout va bien et si je devrais peut-être penser à trouver un autre endroit où loger. Et si je le gênais ? Si je l'empêchais d'inviter quelqu'un ? Ou si je l'énervais avec la cuisine et le ménage que je faisais constamment quand je suis extrêmement stressée ?

Quand mon téléphone sonne, cela me sort de mes pensées à propos de Spade. Je ne pense pas avoir prêté attention à quoi que ce soit du film depuis le début. Je réponds et je sens mon corps changer - c'est automatique maintenant quand j'entends sa voix. Mes épaules s'affaissent, mes sourcils se plissent et je n'arrive pas à rester assise - c'est la façon dont mon corps essaie de distancer les mauvaises nouvelles qu'elle est sur le point de m'annoncer aujourd'hui.

"Hé, maman. Comment vas-tu ?" Je regarde Spade et lui dis de ne pas mettre le film en pause pour moi. Pourquoi arrêter le bain de sang alors qu'il n'y en aura que plus quand ma mère aura fini ?

Je me dirige vers la chambre que j'emprunte et ferme doucement la porte.

« Où est Roman ? »

« Quoi ? » Que fait-elle... soulever ses valises ?

« Où est Roman ? Est-il là avec toi ? »

« Non. Il a été appelé pour affaires. As-tu besoin de lui ? » Il y a une centaine de choses que je veux lui dire mais à la place, je respire à travers la douleur, la colère et l'incertitude et je dis juste le minimum.

« Je m'inquiétais que ton père lui dise quelque chose. Même si nous avons un accord. Ce putain de type ne peut pas tenir sa parole. »

« Je ne pense pas que papa lui ait dit, maman. Je lui ai parlé plus tôt dans la journée et il semblait bien. »

« Eh bien, espérons qu'il reste comme ça. S'il l'apprend et te coupe les vivres, tu pourras dire adieu à l'université et qui sait ce qu'il adviendra de toi. Probablement en faisant un travail subalterne et en ruinant ta vie. Pourquoi n'aurais-tu pas pu être une plus jolie enfant ? Nous aurions déjà pu te marier et je n'aurais pas eu à m'inquiéter de tout ça. »

« Désolée, maman. » Désolée, je suis apparemment une chienne et pas même l'une des mignonnes petites. Je suis juste l'une des grandes et maladroites qui prennent trop de place.

« J'espère et je prie juste pour que cet homme garde sa bouche fermée assez longtemps pour que nous puissions obliger Roman à payer tes frais de scolarité. »

Au moment où je raccroche, je n'ai même plus envie de retourner à l'école. Au diable l'école. Est-ce que ça vaut vraiment la peine de mentir à quelqu'un qu'on aime ? Et que se passe-t-il après qu'il l'apprenne ? Ne se sentira-t-il pas utilisé ? Je reste longtemps dans la pièce mais je réalise que c'est un peu impoli de ne pas ressortir comme ça. Je dois au moins dire à Spade que je ne me sens plus à l'aise avec qui que ce soit autour de moi.

« Hé, euh, je suis un peu fatiguée. Je crois que je vais juste aller me coucher. »

Il lève les yeux vers moi puis se tourne vers la télévision avant de faire une double prise. Merde, je ne pense pas avoir semblé aussi convaincant que j'aurais dû l'être, « Qu'est-ce qui ne va pas ? Qui a appelé ? »

« C'est... je... ma mère. Je crois... que je vais juste aller me coucher. »

Il se lève, mes mains dans les siennes avant que je puisse me retourner. Il me tire vers le canapé et s'assoit si près de moi que nos jambes se frôlent. Je me concentre là-dessus, pour ne pas m'effondrer et faire quelque chose de stupide comme pleurer. La dernière chose que je veux faire, c'est de mettre mon désordre sur quelqu'un qui ne le mérite pas.

« Que s'est-il passé ? Est-ce qu'elle t'a contrarié ? »

Je secoue la tête. Maman a arrêté de m'énerver il y a longtemps. Non, c'est plutôt une misère auto-induite. Un jour, j'arrêterai de répondre à mon téléphone comme le fait Roman et alors je n'aurai plus à m'inquiéter de la déception que je lui cause, à elle et à tous ceux qu'elle connaît.

« Qu'est-ce qu'il y a ? Je peux dire que tu es contrarié. » Nos genoux s'entrechoquent et avant que je réalise ce qu'il est sur le point de faire, il m'a sur ses genoux. « Je n'aime vraiment pas quand tu n'as pas l'air heureuse, ma belle. »

J'entends le tremblement dans mon souffle inspiré alors que je refuse de croiser son regard. Tout ce que je peux faire, c'est secouer la tête. C'est la seule chose dont je suis sûre de pouvoir sortir pour l'instant. Comment peut-il me donner un surnom comme "belle" alors que ma propre mère pense que je ne suis rien d'autre qu'une conne ? "Je..."

Je roule mes lèvres autour de mes dents pour ne pas dire quelque chose que je ne devrais pas. Comme la vérité. "Peu importe ce que tu dis, je ne te jugerai pas, chérie."

"J'ai un secret...", je me dépêche de continuer, "en fait, c'est le secret de ma mère mais ça, euh, affecte tout le monde et... elle ne veut pas que je le dise... Roman."

Ses sourcils se lèvent et je baisse les yeux pour pouvoir jouer avec mes doigts serrés sur mes genoux, et je n'ai pas à voir sa réaction. C'est le plus proche que je puisse arriver à dire à quelqu'un cette chose qui me pèse comme une pierre autour de mon cou.

Au début, le silence est la seule chose que j'obtiens de lui, mais ensuite je sens sa main me frotter le dos et quand il parle, c'est doux et lisse. «

Est-ce que ça a quelque chose à voir avec le fait que ton père ne veut pas payer tes frais de scolarité ? »

Je halète, mes yeux se lèvent pour rencontrer les siens alors que j'essaie de comprendre comment il le sait. Roman a dû dire quelque chose à ce sujet avant de partir. « Comment... ? »

J'abandonne et hoche finalement la tête. Sera-t-il capable de deviner le secret à partir des petits indices que je lui ai donnés ? Une partie de moi le veut et une autre partie ne le veut pas. Est-ce que cela le fera penser différemment de moi ? Va-t-il le dire à Roman ? Est-ce que je fais confiance à la mauvaise personne ?

« Et si je devine ce que c'est ? Est-ce que je peux deviner ? »

Je mords mes deux lèvres alors qu'elles s'enroulent à nouveau autour de mes dents, puis je lui fais un haussement d'épaules sans vraiment lui répondre.

« Donc ce n'est pas ton secret mais ça te concerne, personne ne veut que Roman le sache, et ton père ne paiera pas les études l'année prochaine ? C'est à peu près ça ? »

J'acquiesce à nouveau.

« Tu es la demi-sœur de Roman, n'est-ce pas, ma belle ? »

Bingo ! Il a réussi du premier coup. J'essaie de sauter de ses genoux mais il me retient et je ne peux pas. Je ne peux pas m'empêcher de penser que j'ai fait une énorme erreur en le lui disant et que d'une manière ou d'une autre, ça va me revenir en pleine figure.

Chapitre 10

Spade

Je prends son visage entre mes mains et la retourne pour qu'elle me regarde. Elle ne pleure pas vraiment mais ses yeux sont baignés de larmes retenues. Je suis généralement un homme très réservé et décontracté. La plupart de mes amis diraient qu'il en faut beaucoup pour m'énerver, pour me mettre en colère, mais en ce moment si sa mère était là, je devrais me battre très fort pour ne pas lui donner un bon coup de pied dans la chatte. Je lui dirais au moins exactement ce que je pense d'elle et de la façon dont elle a fait subir à sa fille cette connerie émotionnelle.

« Quoi que tu penses que ça puisse vouloir dire, ça ne change rien. Je te le promets. »

Quel genre de monstre fait ça à leur enfant ? Et son père n'est pas meilleur. Il l'a élevée, lui a appris des choses dont elle se souviendra toujours, et maintenant il ne veut plus rien avoir à faire avec elle parce qu'elle n'est pas de son sang ? Maintenant, je comprends parfaitement pourquoi Roman voulait les tuer. Si j'avais su ce que je sais maintenant, je l'aurais aidé à creuser les trous moi-même et je ne l'aurais pas dissuadé de le faire.

Ce qui m'amène à la grande question qui se trouve dans la pièce comme un putain d'éléphant enragé. « Roman ne sait pas. »

Elle secoue la tête et lève ses yeux inquiets vers moi. « Tu ne peux pas... tu ne peux pas lui dire ? Que pensera-t-il de moi ? Et s'il est comme papa et ne veut pas de moi près de lui ? Il... il est tout ce que j'ai, Spade. »

Je passe mes pouces sur ses joues. « Je sais, ma belle. Je ne le dirai pas. Ce n'est pas mon secret à révéler, après tout. Mais je ne peux pas dire que je serais capable d'être gentille avec tes parents si jamais nous nous rencontrons. —

Merci. Elle se penche en avant et dépose un petit baiser sur ma joue avant de revenir pour un autre. — Merci beaucoup. Pour tout.

Elle soutient mon regard tout au long du baiser et quand elle le fait pour la troisième fois, je ne peux pas m'empêcher de me tourner juste assez pour prendre ses lèvres avec les miennes, provoquant un halètement choqué chez elle. Mais personne ne m'avait dit que Pearl allait être comme ces chips que personne ne peut atteindre avec sa main dans le récipient. Une fois que j'ai commencé, je n'arrive plus à m'arrêter.

Alors qu'un baiser en mène à un autre puis à un autre, je tourne nos têtes pour pouvoir approfondir la pression et l'angle tout en nous inclinant tous les deux en arrière, de sorte qu'elle soit allongée sur moi. Mes mains passent sous le bord de sa chemise pour pouvoir toucher même cette petite partie de sa peau.

— Ouvre la bouche, belle.

Je le dis doucement mais cela ne peut pas cacher ce que c'est vraiment... une exigence. J'attends qu'elle décide si elle va me faire confiance avec sa douce bouche sans vouloir la forcer à prendre la décision. Si elle me le donne librement, ce sera tellement plus doux.

Elle commence à jouer avec le tissu de ma chemise avant de me regarder, "Comment ?"

Un sourire s'affiche sur mon visage. C'est assez bon pour moi. Je reprends sa bouche et y vais lentement pour pouvoir la faire jouir avant de lui écarter doucement les lèvres du bout de ma langue. Je l'entends faire un bruit qui pourrait être un "oh" mais je ne m'éloigne pas d'elle pour être sûr.

Je trace la couture de sa bouche et me fraie un chemin sournoisement dans sa caverne mielleuse. J'ai l'intention d'y aller doucement, de prendre mon temps et de profiter d'elle mais lorsque la saveur de sa douceur me frappe, tout ce à quoi je peux penser est de savoir comment en avoir plus. Je grogne dans sa bouche et nous roule, de sorte qu'elle ne soit plus sur moi.

Je passe les deux minutes suivantes à apprendre à cette petite chose sexy comment embrasser et je ne pense pas avoir jamais passé une meilleure soirée auparavant. Quand je m'éloigne enfin d'elle pour lui donner un peu d'air, ses lèvres sont gonflées, ses joues sont rouges et elle n'a plus l'air d'avoir envie de pleurer.

« Quoi... pourquoi as-tu fait ça ? »

Merde ! Comment vais-je expliquer que je fais quelque chose que je n'aurais vraiment pas dû faire en premier lieu alors que tout ce que je veux faire, c'est le répéter ? Le mieux est de dire la vérité : « Parce que tu en avais besoin. Et parce que je le voulais. »

« Mais... on n'aurait pas dû. Devrions-nous ? »

Ce sont ses putains de yeux, ils me font fondre, me fixant si innocemment et sans ruse. Comment quelqu'un pourrait-il être cruel ou méchant avec ce bel ange ?

« Peut-être pas, mais je pense que nous en avions tous les deux besoin. » Elle secoue la tête et baisse les yeux vers l'endroit où ses mains ont serré le tissu de ma chemise dans ses poings. « Parfois, les amis ont besoin de choses comme du soutien... ou des câlins. »

« Et des baisers ? »

— Parfois. —

Avec la langue ?

— Parfois. Je lui souris. Mais laisse-moi te dire que je ne crois pas avoir jamais regardé Whit ou Roman en me disant que si je les embrassais, la journée de tout le monde serait meilleure.

Elle commence à rire sous moi et je ne peux pas empêcher mes mains de venir à ses côtés et de la chatouiller. Elle commence à rire si fort que sa tête est rejetée en arrière et sa poitrine est poussée en avant. Son corps se cambre sur le canapé comme il le fait lorsque je la chatouille, m'aide à visualiser à quoi elle ressemblerait pendant les affres de la passion. C'est une image que je veux revoir... bientôt. Mon corps ne se rend pas compte qu'elle se presse contre moi parce qu'elle essaie de fuir mes chatouilles. Il sait juste qu'elle est douce et qu'elle sent bon. C'est un véritable exploit de ne pas la laisser découvrir ce qu'elle fait à moi et à mon corps.

« Allez, belle. Commençons un film et voyons où la nuit nous mène. Oh, je peux nous faire du pop-corn. »

« Ça a l'air génial. Mais, euh, pouvons-nous regarder autre chose qu'un film d'horreur ? Juste pour ce soir ? »

Il est tard lorsque j'éteins enfin la télévision. Je laissai le film jouer aussi longtemps que je le pus pour ne pas courir le risque que le silence réveille Pearl. Elle s'endormit au début du deuxième film et je n'eus pas le cœur de la réveiller... ni la résistance. Elle s'endormit par hasard sur moi. Sa tête se blottit contre moi, sa main se posa doucement sur ma poitrine et sa chaleur contre mon flanc. A part l'embrasser, c'est sûrement mon moment préféré de la nuit.

Comme j'avais peur que cela arrive, ses yeux s'ouvrent et elle me lance un sourire endormi. "Salut."

"Salut, ma belle. Tu es prête à aller au lit ?"

"Avec toi ?"

Je souris pour elle mais intérieurement je ne ris pas. L'idée de l'emmener dans ma chambre et de m'enrouler autour d'elle pendant qu'elle dort me semble vraiment bien. Mais..., "Je ne pense pas que tu sois prête pour ça tout de suite, ma belle. Es-tu mon cœur ?" Et peut-être que je ne suis pas prête pour ça non plus.

Chapitre 11

Pearl

Je suis assise dans les gradins en train de regarder le match ou du moins je fais semblant de regarder le match. En réalité, la seule personne que je regarde, c'est Spade. Je n'avais jamais réalisé à quel point le hockey pouvait être sexy. Ou à quel point il semblait doué, surtout pour quelqu'un d'aussi gentil. Et qu'est-ce que ça dit de moi que ça le rende encore plus sexy quand il éjacule sur quelqu'un tout en faisant descendre la rondelle sur la glace ?

« Oh mon Dieu, c'est Maricia ! »

Mon attention se concentre sur Kat qui regarde une belle femme qui s'assoit près du bas. Je ne vois pas vraiment pourquoi Kat n'aimerait pas la femme mais... d'un autre côté, je suis nouveau. « Pourquoi... ?

» « Elle est très tactile. Elle se précipite vers les hommes et flirte, ce qui est bien, je suppose, mais le fait de les toucher m'énerve au plus haut point. On ne touche pas à l'homme d'une autre femme. »

« De plus, Kat et la femme ont une histoire. Kat s'est un peu moquée d'elle et elle essaie d'être méchante avec elle depuis. Elle lui a dit l'autre jour qu'elle allait grossir pendant sa grossesse et que Whit allait la quitter. »

« C'est horrible. »

« Ouais. Ils ont dû retenir Whit. Kat la possède toujours. Elle lui a dit qu'elle pourrait grossir, mais qu'elle serait toujours plus jeune. Une femme a un vrai problème avec son âge ou quelque chose comme ça. »

« Je lui ai simplement fait remarquer qu'il y avait une énorme différence entre être mûre et être pourrie. La façon dont elle l'a pris était son problème, pas le mien. »

Je me couvre la bouche pour essayer de retenir mon rire et je remarque que la femme lève les yeux vers nous et plisse les yeux. Elle a écrit « méchante » partout sur elle et pas dans le bon sens du terme. Je me déplace sur mon siège et je retourne à mes rêves devant Spade. Je me sens mal que Kat soit bouleversée et même si je regarde le match, je ne peux pas m'empêcher d'y penser et de penser à ce que je ferais si j'étais à sa place. Je n'aurais pas été aussi effrontée qu'elle, mais là encore, Kat est une femme qui déchire et qui sait que son homme l'aime et la veut. On peut totalement le dire quand il la regarde. Bon sang, on peut pratiquement le sentir.

Une fois le jeu terminé, nous allons tous là où sont les gars pour les féliciter et bien sûr Maricia est là en premier. Spade aide Whit à la tenir loin de lui. Dès qu'il voit Kat arriver, il se dirige droit vers elle, l'enveloppe dans ses bras et l'embrasse comme un fou. C'est digne d'un soupir.

"Tu es la petite sœur, n'est-ce pas ?"

Je regarde la femme et hoche la tête. Spade s'approche de moi, je lance à Maricia un regard qui lui dit clairement de ne pas commencer la merde.

"Tu vois Spade, je rentrerais à la maison avec toi mais tu ne gardes pas la petite sœur du pauvre Roman ? Ça gâche vraiment l'ambiance d'avoir un enfant à la maison." "

Premièrement, je ne veux jamais rien avoir à faire avec toi, ma belle. Et deux, tu peux clairement regarder Pearl et voir qu'elle n'est pas une enfant. Et trois, non seulement je ne veux jamais rien avoir à faire avec toi et mon garçon non plus. Rentre à la maison !"

Elle tourne son regard vers moi et je croise son regard. Elle a dit à peu près la seule chose qui m'inquiétait avec Spade - je l'empêche d'avoir une vie comme je suis mon frère et mon père qui aurait quitté ma mère quand Roman avait dix-huit ans s'il avait su que je n'étais pas de lui. Mais cette femme est aussi une brute et fuir ou montrer sa faiblesse à une brute ne sert à rien.

« Qu'est-ce qui se passe Spade, tu es malade d'amour pour la petite sœur de Roman. Je veux dire que tu as toujours essayé de faire tout ce que Whitley a fait, il semble normal que tu trouves la petite sœur de quelqu'un que tu connais pour baiser. »

Spade se tend à côté de moi et je pose ma main sur son bras et me place légèrement devant lui, pour qu'il ne fasse rien de stupide comme la frapper. C'est ce qu'elle veut... être la victime pour que tout le monde se sente désolé pour elle, et qu'elle puisse vivre avec le fait qu'elle a raison sur le fait que tous les autres ont tort.

« Je suis vraiment désolée pour toi. Tu continues à chercher la validation chez les hommes, mais tu n'as pas besoin d'une bite... tu as besoin d'un vrai ami. »

La femme recule comme si c'était moi qui avais donné un coup de poing.

« Tu passes ta vie à être méchante avec les autres femmes parce que tu as peur de ne jamais être aussi bien qu'elles, de manquer quelque chose qu'elles ont et de ne jamais le trouver. Tu ne pourras jamais avoir une autre femme comme amie à cause de toute la jalousie qui est en toi. Et un jour... un jour très bientôt, tu seras une femme triste, seule, vieille et décrépite, poursuivant un rêve qui ne se réalisera jamais parce que toutes les personnes décentes et gentilles seront déjà prises par toutes ces autres femmes que tu détestes tant. Triste, vieille et seule. » J'incline la tête sur le côté pour pouvoir regarder de plus près la femme en face de moi. « Tellement triste. »

Maricia se tient debout, la bouche ouverte, avec un regard sur le visage comme si je l'avais frappée dans le ventre assez fort pour lui faire sortir tout l'air de ses poumons. Kat s'approche de moi et commence à regarder Maricia aussi.

« Je le vois. Bon sang, quand tu le dis comme ça, c'est juste triste. Toutes les fois où elle essaie de faire des conneries, elle crie vraiment à l'aide. Waouh. Ça la rend beaucoup plus... pathétique en quelque sorte. »

« Je ne suis pas pathétique. Vous êtes tous pathétiques. Je n'ai pas à supporter ça. Si tu veux aller niquer toute l'équipe, je t'en prie. Mais une fois que ton frère aura découvert pour toi et Spade, est-ce qu'il sera aussi d'accord avec ça ? Vous pouvez tous vous faire foutre ! Je m'en fiche ! »

En colère, elle s'en va en laissant tout le monde derrière elle dans un lourd silence.

« Eh bien, j'ai faim. Quelqu'un d'autre est affamé ou c'est juste moi ? » Spade brise la tension qui accompagne la sortie de Maricia.

C'est Kat qui lui répond : « Ouais, je pourrais manger. Que penses-tu du chinois ? Quelqu'un d'autre veut du chinois ? »

Je suis Whit, Kat et Spade mais les mots de Maricia résonnent dans ma tête. Pour plus de raisons qu'elle ne peut en connaître. Que va penser Roman s'il découvre que j'embrasse son ami ? En plus de tout ce que j'ai été chargée de lui cacher, c'est un peu comme un coup de couteau de trop.

Je sais ce que Spade a dit sur le fait d'être juste de très bons amis et de vouloir me réconforter mais... peut-être que nous ne devrions pas le faire ? Non pas qu'il ait fait quoi que ce soit de tout ça aujourd'hui. Il a agi comme s'il le considérait vraiment comme un moyen de réconforter un ami. Alors, peut-être que j'en fais trop. Si Spade n'y pense pas autrement, alors pourquoi le ferais-je ? Ne devrais-je pas simplement continuer mon chemin et ne pas en faire plus que ce que c'est ? En

le regardant maintenant avec un sourire en coin, je pense vraiment que j'en ai trop fait avec ce qui s'est passé entre nous.

Chapitre 12

Perle « C'est un long moment d'absence, Roman. » Je fronce les sourcils même s'il ne

peut pas voir mon visage. « Es-tu sûr que Spade va accepter ça ? C'est juste que tu as dit que ce n'était que pour quelques jours et ça fait déjà une semaine. Peut-être que je devrais retourner à ton appartement et y rester un peu. Il pourrait me surveiller pour voir si j'ai besoin de quelque chose. » « Avec tout ce

qui se passe, je préférerais que tu restes avec Spade, ma puce. » Merde.

Ce n'est pas que je n'aime pas rester avec Spade parce que c'est le cas. Mais je ne veux pas non plus abuser de mon accueil. Cet homme a sûrement d'autres choses à faire que de rester assis avec moi toute la soirée à regarder des films et à discuter. C'est un homme attirant, même s'il traverse une période difficile en ce moment, il finira par vouloir ramener quelqu'un à la maison. Et même si Maricia le disait avec méchanceté, elle n'avait pas tort. Il ne peut pas faire ça avec moi dans ses pattes.

« Je lui en ai déjà parlé. Il dit qu'il est plus qu'heureux de te laisser rester. »

Je parie qu'il n'a rien dit sur le fait de me réconforter comme il l'a fait quand ils ont parlé.

« D'accord, tant que je ne reste pas trop longtemps, je suppose que ça ne me dérange pas. Même si tu sais déjà que je pense que c'est stupide. Je peux prendre soin de moi. »

« Je sais que tu peux. Et je comprends aussi que tu fais ça seulement pour que je ne m'inquiète pas pour toi. Je t'aime. »

« Je t'aime aussi. »

Au moment où je prononce ces mots, j'entre dans le salon et trouve Spade assis sur le canapé. Son froncement de sourcils dit quelque chose de complètement différent de ce qu'il dit à mon frère.

« Qu... ? »

« À qui parles-tu ? »

Oh merde, il est peut-être en colère parce qu'il pensait que je lui parlais. « Roman. »

Il se détend visiblement et me fait un sourire, « Oh. J'avais oublié qu'il allait t'appeler pour te dire qu'il pourrait revenir plus tard que prévu. »

Waouh, il s'est vraiment énervé quand il a cru que je lui avais dit que je l'aimais. C'était comme la différence entre le jour et la nuit quand il a compris que je le disais juste à mon frère. Je m'assois et je pense à ça. Je ne devrais pas être blessée par le fait qu'il puisse être contrarié qu'un étranger dans sa maison lui déclare son amour, mais je le suis en quelque sorte. Contrariée par le fait que ce soit une affaire aussi importante. Une personne ne devrait-elle pas vouloir entendre quelqu'un dire ces mots même s'il est confus et rétrograde à ce sujet ?

Je ne pense pas que j'aurais la même réaction s'il disait qu'il m'aimait. Mais peut-être que je le ferais si... je ne l'aimais pas du tout. Je me lève d'un bond et je cours vers la chambre.

"Hé, tu vas bien ?"

"Ouais, je viens de... réaliser que j'ai oublié quelque chose dans ma chambre."

Je commence à marcher avant même de pouvoir évaluer sa réaction à ce que je dis. C'est quoi ce bordel ? S'il ne m'aime pas du tout, pourquoi me laisserait-il rester ici ? À moins qu'il ne soit juste une personne aussi gentille. Ce qui pourrait très bien être le cas d'après le peu que je sais de Spade. Il serait le genre de personne à faire n'importe quoi pour son ami... même à supporter sa petite sœur agaçante et qui lui bloque les bites.

Bon sang ! Merde, merde, merde !

Je pensais avoir trouvé un terrain stable, un ami au moins, mais il s'avère que Spade est gentil uniquement parce qu'il est proche de mon frère. Pas parce qu'il m'aime vraiment. J'aurais dû m'en rendre compte. J'aurais dû m'y préparer honnêtement. Après tout, Spade est l'ami de Roman, pas le mien. Et même si c'est une pilule difficile à avaler, au moins c'est arrivé maintenant avant que je fasse quelque chose de stupide comme commencer à avoir des sentiments pour lui parce que je pense qu'il est mon ami avant tout et un gars tellement gentil. Non pas qu'il ne soit pas gentil.

Je me jette sur mon lit. Je n'ai pas l'intention d'y retourner. Pas maintenant. Je pense que la meilleure chose pour moi, c'est de mettre de la distance entre nous. Juste pour un petit moment. Jusqu'à ce que je puisse me convaincre de la nouvelle façon de faire. Parce que très franchement, je ne pense pas pouvoir supporter qu'une autre personne me rejette à cause de qui je suis ou de qui je ne suis pas.

Et ça marche pendant environ une journée.

Puis Spade commence à remettre en question toutes mes excuses pour ne pas vouloir être dans le salon avec lui. Au début, je lui ai dit que je n'avais pas très bien dormi la nuit précédente et que je voulais juste me reposer un peu, peut-être me coucher tôt si je le pouvais. Le lendemain, je me suis assuré que Bea et Kat venaient me chercher tôt pour que je n'aie pas à m'inquiéter d'une rencontre gênante à la table du petit-déjeuner, mais c'est à peu près tout ce que j'ai fait parce que dès que j'ai franchi la porte, Spade m'attendait.

« Salut. »

« Euh, salut. » Je lutte contre l'envie de me retourner et de sortir directement par la porte.

« Je... veux dire que je suis désolé pour hier soir. »

« Hier soir ? » Je fais un pas en arrière, ne sachant pas trop quoi dire.

« Ouais, je veux juste m'excuser d'avoir été si... autoritaire. »

« Autoritaire ? » Et maintenant ?

« Ouais, j'ai réalisé quand j'y ai pensé, que j'avais probablement l'air d'un connard possessif, exigeant qu'on lui dise à qui tu disais 'Je t'aime' et je veux juste dire... désolé. Je n'aurais pas dû... »

« De quoi tu parles ? »

« Hier soir. Quand tu es venu au téléphone et que j'étais un connard exigeant de savoir à qui tu parlais, ce qui me fait me sentir comme... eh bien, un con, maintenant. »

« Je... tu n'étais pas... non, ce n'est pas ce qui s'est passé. » Je ne peux pas parler assez vite, « Ce n'était pas toi. C'était moi. Je t'ai fait flipper en disant 'Je t'aime' alors que je suis un étranger dans ta maison et que tu as peur que je devienne Psycho Sally et... tu pensais que je l'étais... à cause de toi ? »

« Quoi ? » Maintenant il est confus. Bon Dieu. « De quoi tu parles ? »

« J'avais peur de t'avoir mis mal à l'aise parce que tu ne me connais pas vraiment... tu connais mon frère, mais pas moi. Et j'ai pensé que tu pourrais penser que je te le disais et t'inquiéter du fait que... eh bien, parce que tu ne me connais pas vraiment.

« Non. Ce n'est pas du tout ça. Et je te considère comme un ami. Nous... », il se retourne pour pointer la zone du canapé où nous nous sommes... « réconfortés » l'un l'autre. « Je ne fais pas ça... nous sommes amis. Ne t'inquiète jamais si nous ne sommes pas amis. »

« Mon Dieu, je me sens tellement stupide maintenant. J'ai juste... laissé les mots de Maricia me trotter dans la tête et... écoute, si tu veux que je parte pour que tu puisses amener quelqu'un... »

« Il n'y a personne que je veuille amener, ma belle. Je suis complètement heureux que tu sois ici avec moi. J'apprécie ta compagnie... beaucoup. »

Je me mords la lèvre et regarde autour de moi pour ne pas avoir à croiser son regard, « J'apprécie aussi ta compagnie. »

L'atmosphère s'est vidée de toute la tension qui s'y trouvait plus tôt. Je lui fais un sourire et m'appuie contre une table du couloir. Du moins, c'est ce que j'avais prévu. Mais la table est un peu plus loin que je ne le pensais et je finis par sourire comme un idiot en retombant sur mes fesses.

Pas en douceur, Pearl. Pas en douceur du tout.

Chapitre 13

Spade

Je la vois commencer à tomber mais je ne peux pas l'attraper avant qu'elle ne soit par terre.

« Oh mon Dieu ! Est-ce que... est-ce que tu vas bien ? » Je l'aide à se relever et la regarde se frotter les fesses.

« Non ! Je viens de réaliser que mon frère a tout le sexy de ma famille et que j'ai tout le maladroit. »

Je ne peux pas m'empêcher de rire quand je réalise qu'elle n'est pas blessée et qu'elle rit aussi. « J'ai besoin que je l'embrasse mieux. »

« Non, c'est fou, je suis tombée sur mon... oh ! » Ses yeux s'écarquillent et sa bouche tombe en un « o » rond parfait.

Je sais. » Je l'entoure de mes bras et la tire contre moi. « J'ai une surprise pour toi. »

« Vraiment ? Ce n'est pas un bisou sur les fesses, n'est-ce pas ? » Je secoue la tête pour dire non. « Quoi ? Dis-moi, s'il te plaît. »

Je ris à nouveau et décide de ne pas la faire attendre plus longtemps, même si ce serait amusant de faire durer le suspense et de la faire deviner. « Tu sais ce film dont tu as entendu parler avec le détective qui tombe amoureux de la femme qui a besoin de son aide pour résoudre le meurtre de son frère ? »

« Ouais. » Elle demande comme s'il était inconcevable qu'elle ne soit pas au courant du prochain film. « Il va mettre en vedette Banner Arden et la nouvelle fille... comment s'appelle-t-elle ? C'est son premier film. Wisteria... ? »

« Aimerais-tu les rencontrer ? »

Elle ne dit rien mais l'expression sur son visage est inestimable. Elle commence à sauter de haut en bas.

« Tu me dis... ? Non, ce n'est pas possible. » J'acquiesce. Je pourrais totalement la regarder faire ça toute la nuit, surtout si je pouvais être sous elle quand elle le faisait.

« Ouais, si tu veux passer un après-midi sur le plateau et rencontrer les stars, alors tout ce que tu as à faire, c'est de m'embrasser. »

« Oh mon Dieu ! » Elle m'entoure de ses bras et commence à rebondir et à m'embrasser.

Je pourrais m'habituer à lui offrir des cadeaux et à la chouchouter, surtout si c'est comme ça qu'elle réagit. Je finis par la soulever pour que ses jambes soient enroulées autour de moi comme ses bras le sont. Nos bouches se rencontrent et avant que je puisse m'en empêcher, je nous retourne et essaie de trouver une surface plane pour nous poser. Je finis par nous tourner vers l'îlot et l'asseoir dessus. Elle ne détend pas ses bras et ses jambes autour de moi et ça ne me dérange pas du tout.

Mes propres mains plongent dans ses cheveux pour pouvoir la rapprocher et dévorer sa bouche. Il y a une urgence dans notre baiser qui se transfère à nos mains. Quand je glisse mes mains sous son t-shirt cette fois, jouer avec la bande de chair juste au-dessus de son jean ne suffit pas. J'ai besoin de plus. Avec cette pensée - et seulement cette pensée - en tête, je remonte son t-shirt par-dessus sa tête, la laissant seulement en soutien-gorge. Au lieu d'effrayer ou d'inquiéter Pearl, quand je pose ma main sur son sein recouvert de dentelle, ses cuisses se resserrent autour de moi et elle gémit dans ma bouche. Elle me rend fou.

Je pousse le baiser encore plus profondément avant d'abaisser ma bouche pour faire des traces de baisers le long de sa gorge. Sa tête retombe en arrière lorsque je trouve un point sensible juste sous son oreille qui la fait haleter bruyamment avant de rire. Je prends à nouveau sa bouche avec la mienne et nos langues se battent l'une contre l'autre. Même à travers le tissu de son soutien-gorge, je peux sentir la chaleur de sa peau, le point dur de son mamelon caillouteux et à quel point elle est douce. Je teste le poids avec la paume de ma main avant de frotter mon pouce sur le bouton durci.

Elle halète et cette fois, elle s'éloigne de notre baiser. Ses yeux rencontrent les miens avec incertitude et questions. Son souffle est haletant et ses lèvres sont gonflées et roses. Elle ressemble à une femme qui a été bonne et aimée. Je bouge à nouveau mon pouce et regarde l'expression de son visage changer, passant du doute à la curiosité.

« Est-ce que... est-ce que c'est... ? Est-ce que... ? Je ne pense pas que les amis fassent ça entre eux, Spade. »

« Oui. Est-ce que ça te va ? »

J'arrête tous les mouvements que je fais pour lui donner le temps de se remettre en question. Je dois m'assurer qu'elle est d'accord avec ça.

« Est-ce que ça te fait du bien ? »

Ses lèvres se recourbent entre ses dents mais ses yeux restent fixés sur les miens. Elle hoche lentement la tête en réponse à ma question.

« Veux-tu que je continue à le faire parce que tu aimes ça ? »

« Oui. »

Dès que j'obtiens le feu vert, je baisse le bonnet de son soutien-gorge pour que sa poitrine tombe dans la paume de ma main.

« Oh ! » Ses yeux s'écarquillent devant les sensations et la nouveauté de ce que je lui fais, mais elle n'essaie pas non plus de s'éloigner de moi. Cette fois, lorsque je frotte lentement mon pouce sur son mamelon durci, je regarde son visage de très près, donc je vois le regard de surprise et de passion frapper ses yeux. « Oh ! »

Celui-ci est beaucoup plus haletant et plus doux que le premier. Ses yeux se ferment avec un soupir alors qu'elle s'imprègne de la sensation de ma main sur son corps. Le fait que je sois la première personne à la toucher comme ça est évident pour moi, mais je veux quand même l'entendre le dire.

« As-tu déjà... ? »

« Non ! Je n'ai pas... tout cela est nouveau pour moi. Les baisers, les attouchements, le... tout ça. »

« On y va doucement, ma belle. Tu peux toujours arrêter ça à tout moment. »

« Vraiment ? »

« Absolument. Je ne serai pas en colère ou n'essaierai pas de te pousser à en donner plus que ce que tu es prête à me donner. »

Un sentiment de soulagement envahit son visage. Je la caresse encore une fois doucement avant de poursuivre ma déclaration par une question, pour qu'elle comprenne que je suis sérieux à ce sujet. « Veux-tu que je continue ? »

Elle ne dit rien, mais ses yeux se rouvrent. Ils s'étaient fermés lorsque j'ai touché à nouveau son mamelon serré.

Veux-tu que je recommence, ma puce ? Veux-tu que je te touche à nouveau comme ça ? »

« Oui. Mon Dieu, oui. »

Je la surprends en lui prenant le téton entre les doigts et en commençant à jouer avec elle. Sa bouche s'ouvre, mais elle ne dit pas un mot. J'applique une légère pression et je regarde son souffle la quitter et sa tête retomber en arrière, ses mains se lèvent pour encercler mon poignet mais pas pour m'éloigner d'elle. Au lieu de cela, elle les garde là comme si elle essayait de s'ancrer en me tenant.

« Embrasse-moi, Pearl. »

Elle hoche la tête avant de m'offrir sa bouche. Il y a maintenant une morsure dans le baiser qui est difficile à cacher, même pour ses sens inexpérimentés. Je ne retire pas ma bouche d'elle quand je parle, donc je parle du coin de la bouche. « Laisse-moi t'avoir, Pearl. Est-ce que je peux t'avoir ? »

Ses sourcils se rapprochent en signe de questionnement.

« Est-ce que je peux mettre ça dans ma bouche, ma belle ? »

« Oh ! » Ses yeux s'écarquillent et sa bouche s'ouvre sous le choc de la surprise.

Chapitre 14

51

Perle J'essaie de me préparer à ce qui va arriver mais rien ne peut. Tout est si nouveau, et rien ne peut me préparer à la sensation de sa bouche sur moi.

"Oh mon Dieu !

" Mes mains se lèvent pour prendre l' arrière de sa tête alors que la succion de sa bouche fait éclater et grésiller chaque terminaison nerveuse comme un fil sous tension. Il fait bouger le bouton turgescent d'avant en arrière après m'avoir volé mon souffle avec un léger coup de langue qui rend mes mamelons encore plus durs qu'ils ne l'étaient déjà, avant de les sucer à nouveau. Son autre main se lève vers mon sein couvert et tire le bonnet de celui-ci vers le bas avant de jouer avec du bout des doigts. Mon corps se met en pilote automatique alors qu'il est bombardé de tous les côtés. Il passe de l'un à l'autre et met le sein non embrassé dans sa bouche. Mes hanches bougent contre lui même si j'essaie de rester immobile. Sa main finit par descendre pour presser la courbe de mes fesses à travers mon jean avant de me tirer plus près de lui. Il me prend dans ses bras avec sa bouche sur la mienne avant que je puisse me ressaisir, me portant jusqu'à la table sur laquelle nous avons mangé d'innombrables repas. Cette fois, Spade m'allonge sur la surface en bois lisse, mon dos nu touchant le dessus frais. Il dégrafe mon soutien-gorge avant de se pencher en arrière sur la table et d'en prendre un dans sa bouche. "Pearl...", il a l'air si sérieux mais comment puis-je le prendre au sérieux quand son visage est niché entre la vallée de mes seins ? Il ressemble un peu à un petit enfant qui jette un œil par-dessus le comptoir pour demander un cookie. L'image me fait sourire et tracer la courbe de sa joue. "Je ne devrais pas faire ça. Je ne devrais rien faire de tout ça. Mais je n'arrive pas non plus à m'en empêcher."

Je connais ce sentiment. Il semble mal mais aussi tellement juste.

« Est-ce que je peux te goûter ? »

Et maintenant ? Mes sourcils se froncent et j'essaie de comprendre ce qu'il me demande. « Je... »

« Est-ce que je peux te GOÛTER ? » Sa main s'abaisse pour caresser doucement mon monticule. Les gens qui sont amis ne font certainement pas ça entre eux. Même moi, je le sais, et je ne sais pas grand-chose. « Tu peux dire non, ma belle. Je te promets que je ne serai pas en colère. On peut faire d'autres choses. Je veux juste... vraiment, vraiment savoir quel goût tu as. »

Je pense à ce que je le laisse me faire déjà, à quel point j'ai déjà progressé. « Et... et si tu n'aimes pas mon goût ? Et si tu détestes ça ? Et si... ? »

« Fais-moi confiance, ma belle. Je ne pense pas qu'il y ait une chance que je te trouve autre chose que délicieux. » Mais et s'il ne le fait pas ? « Que dirais-tu de ça ? Tu me laisses essayer d'abord et ensuite on pourra partir de là. »

« Essayer ? »

Comment va-t-il faire ça ?

Il ne perd pas de temps à dégrafer mon jean et à baisser la fermeture éclair pour pouvoir faire de la place pour sa main. Même avec mon pantalon ouvert, il y a à peine de la place pour sa grosse main et son poignet épais. Je n'avais jamais compris à quel point un poignet pouvait être sexy avant de l'entourer de mes mains. Il se faufile sous ma culotte et utilise ses doigts pour se frayer un chemin au milieu de ma chatte. Il fait courir le bout de son doigt vers le haut pour qu'il entre en collision avec le point secret entre mes jambes.

« Oh mon Dieu ! Oh mon Dieu... Spade ! Toi... ! »

« C'est vrai, moi ! » Il prend ma bouche en ajoutant des points de plaisir qui éclatent en moi. « Seulement moi, bébé. Seulement moi. »

Je ne comprends pas ce que ça veut dire mais ça le fait m'embrasser plus fort et son doigt ajoute plus de pression là où il frotte mon clitoris parfaitement. Il retire sa main de mon pantalon trop tôt pour que je puisse finir et la porte à sa bouche. Je le regarde me lécher les doigts tout en fermant les yeux et en gémissant.

« Oh oui, magnifique. J'ai besoin de goûter cette douce petite chatte. »

Il tire l'arrière de mon pantalon sur mes fesses et jusqu'au-delà de mes genoux avant de pousser mes jambes vers le haut et d'enfouir son visage au centre de moi. Je crie et secoue mes hanches pour mettre un peu d'espace entre nous deux. Juste pour un moment.

« Oh mon Dieu ! Je... Tu... Tu as ton visage... »

« Dans la meilleure chatte que quelqu'un ait jamais goûtée ? Oui ! Le paradis ? Oh putain ouais. » Il utilise sa langue pour lécher ma crevasse. « Quelque chose que je compte manger encore et encore ? Tu peux parier que c'est ton joli cul. »

Il finit par retirer mon jean complètement de moi et écarte mes jambes pour pouvoir me mettre face contre terre. Oh mon Dieu ! La sensation de sa langue sur moi fait que mon corps se resserre et que mes hanches dansent sous lui.

« Oh mon Dieu, Spade. S'il te plaît. »

Il garde ses épaules entre mes cuisses pour que je ne puisse pas les fermer même quand tout devient lourd, serré et tendu. Mon ventre se serre d'attente et mes cuisses tremblent. « Oh Spade... » Je me penche pour essayer de le retirer de moi... par les cheveux, mais ça ne marche pas. Au contraire, ça le fait se pencher davantage vers moi, me sucer plus fort, mettre tout le zèle qu'il garde habituellement pour la nourriture vers moi. « Spade, je vais jouir, bon sang ! Bouge, bouge ! Je... je vais... »

Il résiste à mon attraction et suce le bourgeon sensible au sommet de ma chatte qui me fait fermer les yeux et me fait voir des étoiles derrière mes paupières. Je crie son nom et je cambre mon dos tandis que mon monde s'arrête puis recommence à tourner, mais cette fois à cause de Spade. Tout ce que Spade fait est exactement ce dont j'ai besoin qu'il fasse pour moi. C'est lui qui fait tourner mon monde.

Au moment où mon dos touche à nouveau la table, j'ai les larmes aux yeux et ma respiration est plus que laborieuse... elle est saccadée. Et quand on frappe à la porte, il me faut un long moment pour réaliser de quoi il s'agit en réalité.

"Oh mon Dieu ! Oh mon Dieu, Spade !"

"Va dans la chambre, ma belle. Je m'occuperai de qui que ce soit."

Il m'aide à m'asseoir et me tend mon jean avant de me tourner vers les chambres. Je ne pose pas de questions mais prends les vêtements et me précipite vers la chambre dans laquelle je suis. Pour une fois, je prie pour que la personne à la porte n'ait aucun lien avec moi. Je ne pense pas que je pourrais regarder Roman dans les yeux en sachant ce que j'ai permis à Spade de me faire... et le fait que je veux qu'il me le fasse à nouveau aussi vite qu'il le peut.

Je ne sais pas ce que ça dit de moi, mais je sais que ça fait de Spade et moi bien plus que de simples amis.

Chapitre 15

Spade

Je la regarde parler à l'héroïne du film qu'elle m'a dit avoir hâte de voir. Je connais un gars qui travaille avec le comptable de Banner et qui m'a rendu service. Et je suis contente d'en avoir appelé un. Pour elle. J'adore

voir à quel point elle a l'air heureuse, à quel point elle semble excitée et enthousiaste à propos de tout ça. J'ai quand même eu droit à un gros câlin et à un gros bisou aujourd'hui pour l'avoir amenée. Le long et chaud baiser qu'elle m'a donné avant de quitter notre maison pour venir ici me rappelle ce qui s'est passé la nuit dernière et je ne peux pas m'empêcher de me lécher les lèvres.

J'avais raison, elle a un goût délicieux et je pourrais la manger avec plaisir toute la nuit. C'était une bonne chose, Whit et Kat sont venues passer du temps avec nous parce que je ne suis pas sûre que je pourrais m'en empêcher... surtout si elle me disait que l'emmener lui conviendrait. Elle aurait dû marcher bizarrement aujourd'hui parce qu'elle aurait eu ma bite tellement profondément en elle qu'elle aurait pu me goûter aussi.

« Tu as l'air d'un homme amoureux, mon ami. »

Je regarde la « star », Banner Arden. Il a l'air d'être un type cool et a fait tout son possible pour que nous nous sentions les bienvenus sur le plateau. « Je pourrais dire la même chose de toi, mon frère. »

C'est la seule raison pour laquelle je ne suis pas resté collé au côté de Pearl et que je ne lui ai pas grogné dessus à chaque fois qu'il a été gentil avec elle. Il regarde sa co-star trop longtemps et la touche trop, pour qu'il ne se passe rien.

« Touche. » Il regarde l'endroit où Pearl et Wisteria ont leurs têtes ensemble en train de parler avec enthousiasme. « Je dis que nous profitons de cette occasion pour emmener nos charmantes femmes déjeuner... afin que nous puissions nous assurer que personne d'autre n'essaie de les toucher. »

J'aime sa façon de penser et nous commençons tous les deux à marcher vers les femmes. Mais ses mots résonnent dans ma tête. J'ai l'air d'un homme amoureux. Amoureux. C'est quoi ce bordel ?

Mais je ne peux pas m'empêcher de me demander... est-ce de l'amour ? Suis-je amoureuse de Pearl, la sœur de mon amie ? Et qu'est-ce que cela signifie pour mon amitié avec Roman ?

J'y pense encore le lendemain quand nous allons au pique-nique de l'équipe. Je n'arrive pas à mettre de la distance entre nous, ou à faire semblant de ne pas être amoureuse d'elle. Pas même sous le regard agaçant et vigilant de mes coéquipiers. Cela ne passe pas inaperçu auprès de Whit et Bear qui m'arrêtent et me demandent si je suis sérieuse avec ma belle petite Pearl.

Ils veulent savoir s'ils vont devoir m'aider à combattre Roman quand il reviendra en ville ou s'ils doivent juste me cacher jusqu'à ce qu'il arrête de regarder. La regarder rire et jouer avec une petite fille d'une famille voisine qui pique-nique, me fait durcir la bite et me donne envie de me lever et de mettre un bébé en elle. Elle est sacrément belle avec un enfant sur ses genoux. Assez belle pour que ça ne me dérange pas qu'elle en ait un sur ses genoux et un autre dans son ventre si ça ne la dérange pas.

Ce qui me ramène à la question de savoir ce qui ne va pas chez moi ?! Je devrais le savoir. Ce n'est pas comme si je n'étais pas là quand Whit est tombé amoureux de la sœur de Bear et tout l'enfer que cela a causé... et ils n'étaient même pas amis à l'époque. Je ne peux pas imaginer à quel point Roman se sentira trahi quand il découvrira... que j'aime sa sœur.

Fils de pute sacré !

Je suis amoureux de Pearl. Je suis amoureux de son goût, de la sensation qu'elle dégage, de sa présence dans ma maison - dont je veux qu'elle soit aussi ma maison maintenant. Je suis tombé amoureux de ses citations de films décalées et de la façon dont elle trébuche sur des objets quand je lui souris. Note pour moi-même... si je la mets enceinte... non, quand je la mets enceinte, peut-être la surveiller comme un faucon pour qu'elle ne se blesse pas ou que le bébé ne se blesse pas.

Ma poitrine se gonfle à l'idée de l'honneur. Je la surveille pendant tout le pique-nique et quand nous rentrons à la maison, je suis sur elle avant de pouvoir fermer la putain de porte. Nos lèvres se heurtent et je la soulève avant qu'elle ne puisse comprendre ce qui se passe vraiment. Cela n'a pas d'importance parce qu'elle cède sans avoir besoin de comprendre pourquoi.

Mes mains plongent sous sa jolie petite robe d'été et prennent en coupe les globes fermes de son cul.

Je ne retire pas ma bouche de ses lèvres alors que je commence à lui adresser des exigences, "Enroule tes jambes autour de moi." Elle le fait si facilement, sans poser de questions, sans résistance. Nos langues se font la guerre alors que je trébuche dans la maison.

« Où... où allons-nous, Spade ? »

« J'ai besoin de te goûter. Je n'en ai pas eu depuis bien trop longtemps. Et nous avons besoin d'une surface plane pour le faire. »

« Une surface plane ? Un canapé ? »

Je secoue la tête, « Je ne vais pas pouvoir nous emmener en bas des escaliers en toute sécurité avec moi, si blessée, ma belle. »

« Une île ? » Je secoue la tête non. « Une table ? » Et elle obtient un autre hochement de tête. « Où alors ? »

« Une chambre. Je te veux complètement nue et allongée cette fois. Et ne pas avoir à m'inquiéter des coups à la porte. »

Je la porte dans la chambre et la couche sur le lit. « Est-ce que je peux te voir, ma belle ? Est-ce que je peux te voir en entier ? »

Elle hoche la tête et me regarde à travers ses cils voilés. C'est la plus belle chose que j'ai jamais vue, allongée sur mes draps noirs, ses cheveux blonds fraise déployés autour d'elle, ses lèvres gonflées par mes baisers et ses yeux de chambre fixés sur moi. Elle est putain de belle et parfaite.

J'ouvre les boutons qui descendent au milieu de son corps et la déballe comme un cadeau, décollant les bords de la robe pour pouvoir regarder son soutien-gorge en dentelle, à cause de la petitesse des bretelles, son soutien-gorge n'a pas de bretelles et des crochets sur le devant.

Au lieu d'aller chercher le crochet, je passe mes mains sur le gonflement de ses seins qui débordent sur la dentelle et penche la tête pour que mes lèvres puissent suivre. Elle halète et porte ses mains à l'arrière de ma tête.

"Spade..."

J'utilise ma langue pour me promener sous le bord afin de pouvoir jouer avec la peau douce cachée derrière la soie et la dentelle, "Hmm ?"

"Quoi... qu'est-ce qu'on fait ?"

« Je vais goûter chaque partie de ton délicieux petit corps, puis je vais bouffer ta jolie petite chatte, et après ça... nous le découvrirons ensemble. »

« Oh mon Dieu ! Oh mon Dieu... d'accord. »

Elle hoche la tête et enfonce ses doigts dans les cheveux courts à l'arrière de ma tête, ses ongles parcourant mon cuir chevelu et me faisant frissonner le dos. Je n'ai jamais eu de femme qui me fasse frissonner de partout avant ma belle Perle.

Chapitre 16

Je continue à la taquiner jusqu'à ce que ses hanches dansent sous les miennes et que ses ongles s'enfoncent dans ma peau. C'est seulement alors que j'ouvre le soutien-gorge et laisse ses seins parfaits tomber dans mes deux mains qui attendent. J'enfouis mon visage entre les gros globes, embrassant chaque côté et frottant mon visage contre la douceur. J'utilise mes pouces pour taquiner ses petits boutons durs, la faisant haleter et se presser contre moi.

Je fais courir des baisers sur les pentes de ses seins pour pouvoir prendre d'abord un téton puis l'autre dans ma bouche et utiliser ma langue pour la taquiner et la tourmenter. Son dos se cambre encore plus loin du lit et elle serre mes bras et mon dos.

"Oh mon Dieu ! Oh mon Dieu ! Oh mon Dieu !"

Je sais ce qu'elle ressent. Tant d'émotions rebondissent en toi, il n'y a pas de mots pour les décrire, alors tout ce que tu peux faire, c'est prier et te serrer fort. Cela décrit exactement ce que je ressens pour Pearl. Je commence à lui faire descendre sa robe pour pouvoir la retirer de ses bras et la passer sur ses hanches. Quand j'ai finalement enlevé sa robe et qu'elle ne porte qu'une petite culotte, je commence à déplacer mes lèvres plus bas.

Je fais glisser ma bouche sur ses courbes douces et sur son ventre. Quand je l'embrasse sur le monticule de sa chatte, je ne peux pas m'empêcher de penser que c'est là qu'elle tiendra nos enfants quand nous serons prêts à les avoir. Cette pensée me fait déposer un autre baiser à cet endroit avant de faire glisser mes lèvres plus bas, de tirer sa culotte sur le côté et d'utiliser ma langue pour l'écarter.

Je la regarde haleter à haute voix et rapprocher ses genoux de mon corps. La sensation de ses cuisses effleurant mes bras me fait me redresser et tirer mon t-shirt par-dessus ma tête, voulant sentir davantage sa peau contre la mienne. Au contact de son mollet contre mon épaule, nous gémissons tous les deux et elle rejette la tête en arrière à la sensation.

« Oh, Spade ! »

J'acquiesce, ne voulant pas vraiment éloigner ma bouche d'elle mais voulant qu'elle comprenne que je ressens la même chose. Je finis par éloigner ma bouche d'elle pour pouvoir lui enlever ses talons et retirer mon pantalon. La plante de son pied effleure mon dos et ajoute à mon plaisir. Je prends une seconde pour attraper sa cheville et déposer un baiser sur la courbe délicate à cet endroit avant de retourner manger sa douce chatte. Son goût ne ressemble à rien de ce que j'ai jamais goûté, doux, acidulé et parfait.

Je me complais dans la saveur avant de lever mon doigt pour effleurer son entrée étroite. Ses yeux s'ouvrent brusquement et rencontrent les miens. Je croise son regard et lui demande silencieusement la permission d'aller un peu plus loin avec elle. Après quelques minutes à nous regarder, elle hoche la tête et me donne un « Oui » haletant.

Je glisse le doigt dans l'entrée douce et étroite avant de recommencer à la manger. Je dois vraiment travailler mon doigt pour glisser à l'intérieur d'elle, mais finalement, je peux le relever et chercher l'endroit magique à l'intérieur d'elle. « Oh merde ! »

Mes yeux volent vers les siens mais au lieu d'avoir mal ou d'avoir peur, sa tête est rejetée en arrière, sa bouche ouverte dans un cri silencieux, et son dos est courbé hors du lit. Ses mamelons aux pointes framboise se resserrent encore plus alors qu'elle les cambre vers le plafond, perdue dans un abandon total. Ses cuisses commencent à trembler alors qu'elle plante ses pieds de chaque côté de moi et qu'elle s'enfonce plus profondément dans ma bouche.

« Oui, oui. Oh mon Dieu, oui ! »

« Mon Dieu, bébé, tu es si belle. » Je réalise qu'elle ne comprend probablement pas un mot de ce que je dis parce que je retire à peine ma bouche de sa chatte confite, mais j'ai aussi besoin qu'elle comprenne à quel point je la trouve belle.

Elle frotte sa douceur contre mon visage pendant que je mordille et suce son clitoris. Elle crie mon nom en attrapant les couvertures autour d'elle et les tire vers elle. Son corps se tend avant qu'elle ne déchaîne un flot de crème sucrée dans ma bouche. Je chasse le peu de saveur qui s'est échappé de ma langue fouineuse et la nettoie avec avant de me retirer.

"J'ai besoin d'un baiser, douce fille." Je prends sa main et la tire vers le haut pour qu'elle soit à califourchon sur moi, pressant sa chatte nue contre mon boxer trempé.

Nos lèvres se rencontrent et s'accrochent l'une à l'autre. Sans provocation, elle commence à se frotter contre moi. Ses seins frottant contre ma poitrine la font haleter dans ma bouche mais elle ne retire pas sa bouche de la mienne alors que je partage sa saveur avec elle.

Ses bras m'entourent et elle me serre plus fort alors qu'elle fait des mouvements de plus en plus grands contre moi. Ma bite ne rentre pas très bien dans mon boxer car elle a l'impression d'être comme un putain de poteau en acier qui ne cesse de grossir et de s'épaissir au fur et à mesure qu'elle me touche. Lors d'une des glissades, ma bite s'enfonce dans le tunnel de sa chatte, la faisant haleter à nouveau.

"Oh mon Dieu ! Spade... toi... oh mon Dieu !"

Elle continue de se frotter contre moi et quand j'ouvre la bouche pour lui dire que nous devrions ralentir, ce moment où sa tête retombe en arrière et les extrémités de ses cheveux effleurent mon bras où je l'ai enroulé autour d'elle, c'est le moment où elle fait pivoter ses hanches et où ma bite trouve l'entrée du paradis.

Je croise son regard alors que le bout de ma bite glisse en elle, l'air surpris et émerveillé sur son visage alors qu'elle m'accepte de plus en plus en elle. Ses mains se lèvent pour prendre mon visage en coupe alors qu'elle ramène ses lèvres sur les miennes. Ses hanches sexy dansent contre ma bite la font pleurer de pré-éjaculation et de sperme jusqu'à ce qu'elle soit tout ce à quoi je peux penser, tout ce que je peux ressentir, la seule chose qui me semble réelle.

"Tu... tu te sens si... bien." Elle gémit même alors que je glisse davantage en elle. Nous sentons tous les deux la tête de ma bite heurter sa barrière alors que nous nous regardons et nous embrassons.

Puis le doux ange pousse contre moi pour que ma bite soit la chose qui brise. Elle crie et essaie de piéger le son avec notre baiser. C'est moi qui me retire et prend les joues de son cul dans mes mains pour l'arrêter.

"Pourquoi... pourquoi as-tu fait ça, belle ? Pourquoi as-tu... ?"

Elle caresse le côté de mon visage et dépose un autre baiser sur ma bouche mais celui-ci plus doux que les précédents, « Parce que je veux que tu sois celle-là. »

« Oh chérie... », je bouge rapidement, la retournant pour qu'elle soit sous moi. « Tu ne comprends pas. Je ne serai pas juste celle-là... je serai la seule ! »

Je prends le contrôle du baiser avant que ma main ne tombe entre nous où j'ai ses jambes écartées et trouve son clitoris. Je m'assure qu'elle est bien excitée avant de commencer à bouger, avant de commencer à lui donner des morceaux de mon cœur, une poussée à la fois.

Chapitre 17

Perle

Je perds mon souffle quand il commence à se balancer en moi et j'enroule mes bras autour de lui pour pouvoir m'accrocher à sa solidité. La façon dont il bouge me pousse au-delà du point où je peux me retenir, mon orgasme imminent. Mes seins deviennent lourds, mes poumons commencent à se bloquer et la tension monte au centre de mon corps, me donnant l'impression que je vais me briser à cause de tout cela. Mon rythme cardiaque bat fort dans mon clitoris où il me frotte jusqu'à la fin.

« Oh mon Dieu... Spade ! Je... »

Il prend ma bouche avec la sienne à nouveau alors que tout autour de moi devient supernova et des pluies d'étoiles dorées scintillent derrière mes paupières closes alors que mon corps se resserre autour du sien. Les muscles autour de mon entrée pulsent et ondulent autour de lui, travaillant la longueur dure avant que tout ne devienne beaucoup plus humide. Je crie son nom encore et encore alors que je jouis encore et encore jusqu'à ce que finalement, les dernières convulsions secouent mon corps.

Mon monde tourne une fois de plus alors que Spade nous fait rouler à nouveau pour que je sois allongée sur lui. Je réalise que nous devons parler de ce qui vient de se passer. Je sais qu'il y a une centaine de choses que je dois dire mais mes paupières s'alourdissent et une chaleur s'installe en moi comme un réconfort que je n'ai jamais connu auparavant. Cela me fait m'endormir avant de pouvoir dire quoi que ce soit d'autre à Spade.

La prochaine fois que j'ouvre les yeux, c'est parce que la voix de mon frère résonne dans le couloir. Je souris en pensant à la chance que j'ai, j'ai cet homme merveilleux qui m'offre tout ce que je pourrais demander et mon frère vient de revenir. Comment pourrais-je demander... ?

Oh merde ! Mon frère !

Je regarde autour de moi mais il n'y a aucun signe de Spade à part l'empreinte sur l'oreiller à côté du mien. Je saute hors du lit et attrape sa chemise jetée de la nuit dernière avant de jeter un œil dans le couloir. Dès que je suis sûr que la voie est libre, je cours vers la chambre dans laquelle j'ai séjourné pendant mon séjour chez Spade. Et c'est là que je les entends tous les deux discuter.

« Comment va-t-elle ? »

« Euh, elle va bien. Tout va bien. »

Il y a un silence pesant qui me fait retenir mon souffle.

Tout va bien ? Tu as l'air... écureuil. »

« Je vais bien. Pearl va bien. Tout va bien. Comment s'est passé ton voyage ? »

Roman ne va pas se laisser dissuader. « Est-ce que toi et ma sœur avez été... ? »

« Non ! » Le déni n'est pas vraiment une surprise, mais ça me fait quand même mal de l'entendre dire que nous n'avons pas fait exactement ce que mon frère pense que nous avons fait. « Non... je... ce n'est pas Pearl. »

Ce n'est pas le cas ?!

« Ce n'est pas le cas ? » Mon frère fait écho à ma question. Est-ce que Spade essaie de dire qu'il a couché avec quelqu'un, mais que ce n'était pas moi... parce que Roman l'a demandé ? Veut-il nous cacher de Roman ? Y a-t-il même un « nous » ?

« Ce n'est pas le cas... », il y a un silence qui me fait penser que Spade chuchote quelque chose à mon frère. Je me précipite dans ma chambre et attrape la première chose que je trouve, qui se trouve être une paire de leggings, avant de les enfiler et de retourner dans le couloir pour entendre ce qui se dit.

« ...tu ne sais rien de Pearl, Roman. » Oh mon Dieu ! Oh mon Dieu ! Est-ce qu'il... ?

Je sors en titubant, me tuant presque en essayant de rejoindre les deux hommes avant que Spade ne puisse révéler à mon frère le secret que je lui ai révélé. Les deux hommes se tournent vers moi comme si j'étais ivre. Je regarde l'un puis l'autre puis de nouveau Spade avec de la douleur dans les yeux. Pourquoi dirait-il quelque chose à propos du Secret ?

Roman me fait un grand sourire et s'approche pour déposer un baiser sur ma joue avant de s'éloigner de moi. Je lève les yeux inquiets vers lui. « Spade m'a tout dit. »

« Il... il l'a fait ? »

« Eh bien, pas tout. » La voix de Spade coupe court à mon inquiétude et me fait tourner l'estomac.

« Pas tout ? » Qu'est-ce qui se dit maintenant ? Roman pose la question à voix haute mais je la hurle dans ma tête. « Mais tu m'as déjà dit qu'elle ne voulait pas retourner à l'école parce qu'elle veut écrire. Que pourrait-il y avoir de plus ? »

Quoi ? Je secoue la tête en essayant de comprendre ce qui vient de se passer. Ce n'est pas ce que je pensais qu'il s'est passé.

« Elle a trouvé un nouvel endroit où vivre. »

« Oui ? » « Moi ? » Roman et moi prononçons les mots, tandis que Spade hoche la tête.

« Où ? »

Ouais, où ?

« Avec moi. »

Mon cœur commence à battre plus vite et un sentiment d'espoir monte en moi. Est-ce qu'il me demande de rester... avec lui ? Comme officiellement et tout ça ?

L'espoir gonfle tellement dans ma poitrine qu'il me faut plus d'un instant pour réaliser que Roman n'a pas la même réaction que moi face à la nouvelle.

« Tu vois, quand tu es entré et que tu m'as demandé si j'avais été avec ta sœur. J'ai dit ce que j'ai dit parce que je ne voulais pas que tu sois en colère contre Pearl. Elle n'a rien fait. J'ai tout fait. C'était moi. Nous... nous sommes ensemble. »

« Espèce de salaud ! Tu... »

Roman court après Spade mais je me suis déjà jetée devant lui. « Non ! » Je me tourne vers Spade après m'être assurée que Roman n'essaiera pas de lui encaisser un coup de poing. « J'étais tout aussi responsable que Spade de ce qui s'est passé, donc si tu dois être en colère contre lui, tu dois l'être aussi contre moi. »

Roman me regarde puis Spade pendant un long moment. Je retiens mon souffle jusqu'à ce que je pense que je vais m'évanouir à cause du manque d'air et puis...

« Est-ce que tu l'aimes ? »

« Je l'aime. » Je halète et me tourne pour fixer Spade. Il n'a pas hésité ou trébuché du tout.

« Vraiment ? »

« Je l'aime. Je veux... être avec toi pour toujours. Il m'a peut-être fallu beaucoup de temps pour m'en rendre compte. Je me suis peut-être retenue pendant longtemps parce que je ne voulais pas perdre mon amitié avec ton frère mais... je t'aime, ma belle. »

« Je... je t'aime aussi. » Je l'entoure de mes bras et l'embrasse fort. « Je pensais... Je suis désolée. Je pensais que tu lui aurais peut-être parlé de... J'aurais dû savoir que tu ne me ferais jamais de mal comme ça. Pas toi. » Je me détache de Spade et me tourne vers mon frère. « C'est pourquoi je vais lui en parler moi-même pour que ça ne se reproduise plus jamais. »

Mon frère me regarde avec des yeux plissés et je saisis la main de Spade pour me donner de la force. « Je... Je dois te dire quelque chose, Roman. Je veux que tu saches que je t'aime et que je ne ferais jamais rien pour te blesser. »

« Est-ce à propos de Spade ? »

Je secoue la tête pour dire non.

« Est-ce à propos de maman et papa ? »

Oh merde. Je hoche la tête très lentement.

« Je pense que je sais ce que tu vas dire et je peux t'assurer... que tu n'as rien à craindre... »

« Non, tu ne comprends pas. Tu ne comprends pas... »

« Papa est venu me voir pendant que j'étais en Espagne, Pearl. »

Toutes les couleurs disparaissent de mon visage. « Il l'a fait. »

Il hoche la tête cette fois.

« Il essayait de tout faire chier. Il m'a tout raconté à propos de maman et du fait qu'elle ne lui était pas fidèle. »

« Oh mon Dieu. » Je pensais pouvoir le faire mais maintenant que tout est au grand jour et que c'est lui qui l'a dit, je ne suis pas sûre que tout ira bien après tout.

Chapitre 18

Spade

Je vois l'expression sur le visage de Pearl et je me mets immédiatement sur la défensive. « Si tu sais, alors tu sais ce qu'il lui a fait ? Ce que sa mère lui a fait ? » «

Spade. »

Au lieu de dire quoi que ce soit, Roman lève la main pour nous montrer ses jointures éraflées et meurtries. « Nous n'étions pas d'accord sur la façon dont il gérait les choses avec ma sœur. Je ne suis cependant pas au courant de ce que maman a fait. »

« Spade ! »

« Tu devrais lui dire. Il t'aime et ne se soucie pas de ce que tes parents ont à dire. Tu devrais tout lui dire. » Elle se tourne vers lui, alors je lui murmure à l'oreille. « Emmène-le dans le salon et je nous apporterai quelque chose à grignoter. »

Je peux dire qu'ils ont besoin d'un moment pour être ensemble et je ne veux pas priver Pearl de ça. Ni même Roman non plus. Je commence à sortir des trucs du frigo et à nous préparer des sandwichs quand je sens des yeux sur moi. Je me retourne pour voir Roman debout sur l'îlot qui me regarde.

« Est-ce que tu l'aimes ? »

« Je te l'ai déjà dit. »

« Et tu ne lui feras jamais de mal ? »

« Si je lui fais du mal... tu n'auras pas à t'inquiéter parce que je prendrais soin de moi bien avant que tu ne viennes me chercher. Je mourrais plutôt que de lui faire du mal. »

« Maman et papa... ils nous ont vraiment foutus en l'air avec leurs conneries. »

« J'ai un passé bien pire, mon pote. Mais Pearl et moi – et toi – on ne recule pas. On avance et c'est comme ça qu'on fait les choses, pas comme ils veulent qu'elles soient. »

« Tu sais... tu es très doué pour tout ce qui touche aux gens. »

« Oui ? On me l'a déjà dit. » Je me souviens de la conversation dans les vestiaires quand il m'a parlé pour la première fois de sa sœur. « J'aime toujours les chiffres plus que presque tout au monde. Tout... sauf ma Pearl. »

Il me lance un sourire fatigué, « Tu seras bonne pour elle. Tu prendras soin d'elle. Elle en a besoin.

Je lui pousse une assiette : « Tu sais... vu la façon dont nos coéquipiers tombent à gauche et à droite, tu devrais peut-être penser à trouver quelqu'un toi-même. »

Ouais, ça n'arrivera jamais, mon pote. »

« Je n'en serais pas si sûr. Ces choses ont le don de te surprendre et... » Je le contourne pour pouvoir attraper Pearl avant qu'elle ne touche le sommet de l'île parce qu'elle a trébuché sur un tapis dont je voulais me débarrasser, « tombant directement dans tes bras. »

« Oh, c'était... tellement ringard. »

« Attends de voir le mariage que je prévois de lui offrir. »

Pearl se retire de mes bras avec un air choqué sur le visage. Je la reprends dans mes bras, ne voulant pas qu'elle soit loin de moi trop longtemps. « Tu... tu veux... m'épouser ? »

« Ouais, magnifique. Qu'est-ce que tu pensais que je voulais dire quand j'ai dit que je serais ton seul ? »

« Je... je... je t'aime. »

« Je t'aime aussi. Pour toujours, magnifique. »

« Mec, tu réalises que tu ressembles à un de ces films qu'elle adore regarder, n'est-ce pas. Ceux des détectives. »

Pearl glousse et je ris alors que nous nous tournons vers son frère et commençons à faire des plans pour notre avenir. Cela peut paraître ringard comme l'enfer, mais Bogie peut garder son faucon parce que ce que Pearl et moi avons... c'est de ça que sont faits les rêves et ma Pearl, elle est le rêve que je n'ai jamais su que je voulais avoir. Ma belle petite Pearl. Ma femme fœtale. Mon accident parfait. Mon éternité.

Ouais, c'est le plus beau rêve que l'on puisse demander.

Épilogue

Pearl

Deux mois plus tard

Je cours à travers la maison et perds pied en entrant dans le bureau de Spade. D'une manière ou d'une autre, il passe d'être assis devant un ordinateur à me prendre dans ses bras en quelques secondes. "Whoa, magnifique. Tu dois ralentir. Tu sais ce que le médecin a dit." Sa main tombe sur mon ventre encore plat.

Nous venons d'apprendre que je portais notre bébé il y a quelques semaines, mais Spade dit qu'il le savait depuis le début.

"Juste y aller doucement. J'ai juste... j'étais excité." Comme s'il ne pouvait pas le dire puisque je suis presque haletante en serrant une lettre dans ma main.

"Qu'est-ce que tu as là ?"

« Tu te souviens quand j'ai demandé à Winnie de jeter un œil au scénario du film que j'écrivais juste pour rire ? »

« Winnie ? Winnie ? »

Je ris parce que seul Spade oublierait quelqu'un d'aussi beau et féroce que Winnie - parce qu'il me regarde tout le temps. « Wisteria Tamsin. »

« Oh, la fille de Banner. »

Je rigole à nouveau en pensant à la façon dont Spade s'est souvenu d'elle. « Ouais, donc de toute façon, elle l'a pris et l'a bien lu. »

« Ouais. »

« Et elle l'a remis à Banner qui l'a donné à l'un des producteurs... », j'inspire profondément et dis les mots suivants à la hâte, « et il veut en faire une série et veut que j'écrive pour elle. »

« Pas question ! Tu es sérieuse ? »

J'acquiesce et saute de joie. Il m'embrasse et me soulève pour que je l'entoure automatiquement de mes jambes.

« Je suis si fière de toi, ma belle. Je savais que tu ferais une merveilleuse scénariste. J'ai hâte de voir ce que tu feras avec une série. »

Il commence à me porter jusqu'à notre chambre tandis que je l'entoure de mes bras encore plus fort et que nos bouches se rencontrent. « Je suis si heureuse. »

Ma main tombe sur mon ventre en pensant à toutes les façons dont je suis heureuse.

« Et c'est comme ça que j'ai l'intention de te garder, ma belle petite Pearl. »

J'aime quand il m'appelle belle ou la sienne. J'aime à quel point il se soucie de moi et à quel point il me traite bien. J'aime comme il m'aime, comme maintenant quand sa bouche est si affamée, mais ses mains sont si douces.

Il prend son temps pour me déshabiller et se glisse en moi tandis que je lui fais des bisous dans le cou, mordillant au fur et à mesure. Nos bouches se rencontrent à nouveau alors que Spade donne le rythme et commence à frotter mon clitoris en même temps que sa bite frappe cet endroit magique à l'intérieur de moi. Je sens les signes maintenant familiers qu'il va me faire jouir très bientôt. Mes seins, si sensibles depuis que j'ai commencé à faire grandir notre petit, deviennent lourds, mon corps se resserre et se tend autour de sa longue épaisseur. Et comme par magie, mon monde explose et mon corps commence à traire sa tige dure pour chaque goutte de sperme qu'il peut me donner. Et Spade est là, me tenant tandis que tout se remet en place.

Quand j'ai rencontré Spade pour la première fois, ma vie était pleine d'incertitudes et de questions sans réponses. Maintenant, grâce à l'amour de cet homme, je me sens suffisamment en sécurité et forte pour trouver ma place. Grâce à lui, j'ai pu travailler pour réaliser mon rêve - le rêve que je n'aurais jamais pensé avoir un jour. Et grâce à lui, je réalise que lorsque les choses deviennent difficiles, lorsque ma mère me crie dessus, que mon père fait semblant de ne pas être celui qui m'a élevé du tout et que la vie devient merdique, j'ai un endroit où aller, un havre de paix où me réfugier, une maison où me cacher et l'endroit parfait pour me sentir mieux quoi qu'il arrive... c'est avec Spade. J'ai trouvé l'amour dans sa maison, dans son lit, dans ses bras... son cœur dans mes mains, et le mien... dans celui de Spade.

Fin !

Don't miss out!

Visit the website below and you can sign up to receive emails whenever Dave Kerlson publishes a new book. There's no charge and no obligation.

https://books2read.com/r/B-A-NSFNB-LZSRE

BOOKS 2 READ

Connecting independent readers to independent writers.

Did you love *Dans la pelle*? Then you should read *Chaleur Interdite*[1] by Dave Kerlson!

Chaleur interdite : Une histoire captivante de désir, de règles et de secrets

Dans « Chaleur interdite », Haley Morgan, une jeune étudiante, se retrouve sous la protection du riche et puissant Cameron Thorne après une dispute avec son père. Alors qu'elle arrive dans son manoir à l'heure tardive, Haley est accueillie par M. Thorne lui-même, qui impose immédiatement ses règles.

Haley, déterminée à ne pas se laisser intimider, défie ses demandes,

---

1. https://books2read.com/u/me8La9

2. https://books2read.com/u/me8La9

Also by Dave Kerlson

Compagnon oublié
Protégé
Te Laisser partie
Chaleur Interdite
Le chaton du viking
Ombres et désir
Le Joker De la Reine
Ne Touchez pas
3 Patrons Robustes et une fille Désemparée
À Court de Loyer
Tentation Dépravée
Beau Cœur
Le Diable
Attendre pour toujours
Au lit Avec l'ennemi
L'interview
La prochaine fois que je tomberai
Sa Reine
Faire semblant d'aimer
Femme recherchée
Irréparable
Les frères
Nuits D'été moites
Amour brûlant
Proposition interdite

Enchaîné au diable
Chaud pour sa mafia italienne
Perséphone
Deuxième chance de tomber
La fiancée forcée du magnat
Tomber sur toi
Dans la pelle